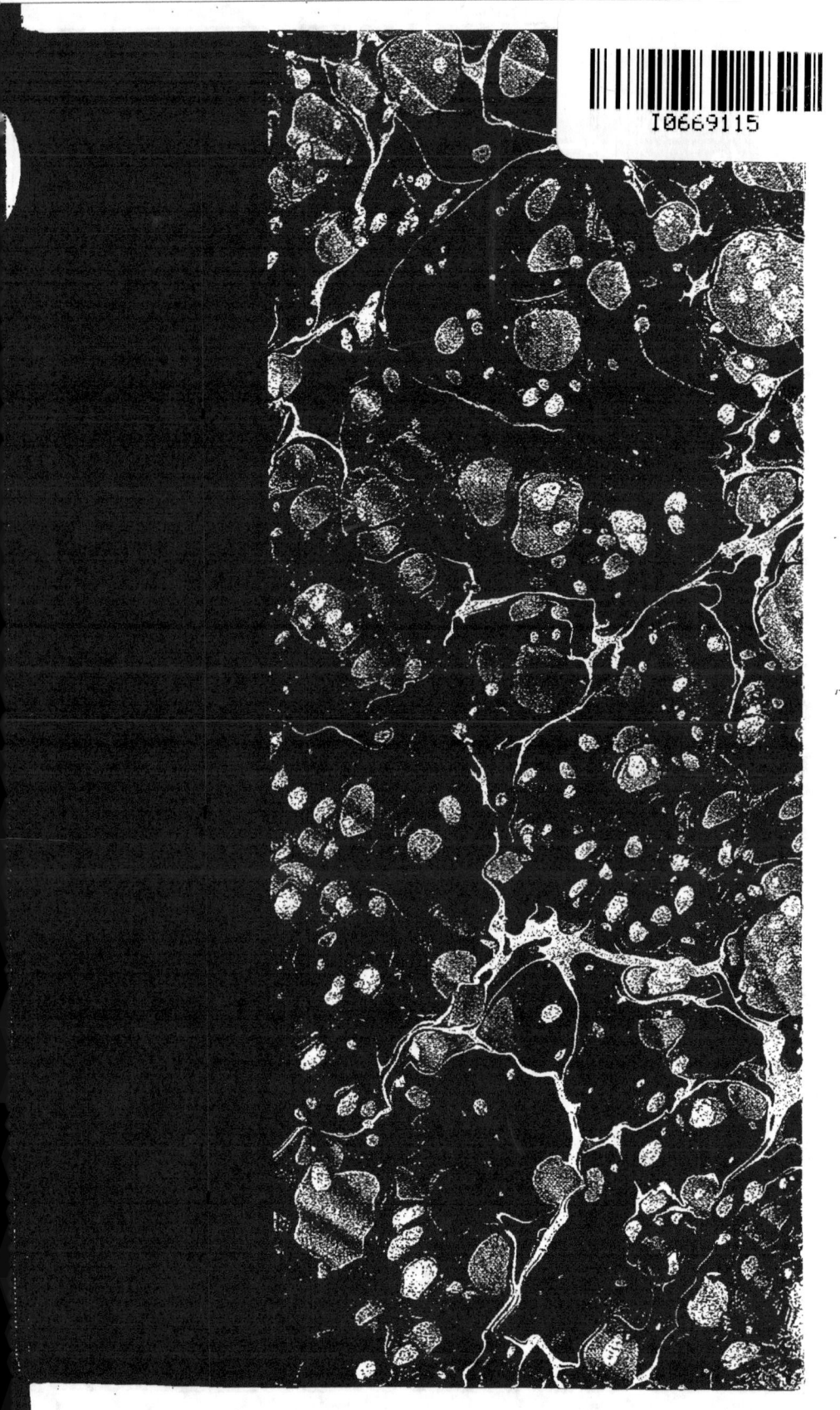

ROBERT 1979

L'HÉROÏNE
DE TAÏTI

PAR

W. HERCHENBACH

TRADUIT DE L'ALLEMAND

PAR A. SIMONS

TOURS
ALFRED MAME ET FILS
ÉDITEURS

L'HÉROÏNE DE TAÏTI

—

SÉRIE PETIT IN-8°

Avant que le coup eût pu être porté, Hélène s'était jetée sur le bras
du grand prêtre et lui avait enlevé l'instrument de mort. (P. 45.)

L'HÉROÏNE
DE TAÏTI

PAR

W. HERCHENBACH

TRADUIT DE L'ALLEMAND

PAR A. SIMONS

TOURS

ALFRED MAME ET FILS, ÉDITEURS

M DCCC LXXXII

L'HÉROÏNE DE TAÏTI

I

Tous les passagers d'un grand vaisseau qui, après un long voyage, arrivait en vue de la belle île de Taïti, s'étaient assemblés sur le pont. La plupart regardaient avec des lunettes cette terre qu'ils désiraient connaître. De tous côtés s'élevaient des cris de joie, et le capitaine, debout sur la dunette, soulevait gaiement son chapeau.

Mais au milieu du joyeux tumulte se fit entendre un craquement sinistre. Le vaisseau avait donné de toutes ses forces contre un brisant.

La joie se changea en terreur. Les visages blêmirent, il se fit un silence de mort, auquel succédèrent aussitôt des cris d'effroi.

Le capitaine, qui avait été renversé par la secousse, se releva promptement, donna des ordres aux matelots et rassura l'équipage. Mais ce fut en vain ; un second coup,

plus terrible que le premier, renversa le
navire, qui s'engloutit avec tout ce qu'il
contenait.

Quelques instants avant le naufrage, du
haut d'un promontoire, un homme à la peau
cuivrée promenait ses regards sur la mer.
Ses yeux expressifs, sa taille forte et élancée,
ses cheveux noirs tombant en longues boucles
sur les épaules, lui donnaient un air à la fois
vigoureux et agréable; son vêtement en drap
de tapa lui seyait fort bien.

Il suivait avec intérêt la marche du navire;
l'étonnement qui se lisait sur sa figure faisait
comprendre que pour la première fois il
apercevait un si grand vaisseau. En le voyant
disparaître, il poussa un grand cri et s'élança
vers la mer en disant :

« Tupia doit aider ! »

Toutefois, à son arrivée, la mer avait déjà
repris sa tranquillité; la quantité de débris
flottant sur les eaux montrait seulement
l'endroit où la catastrophe avait eu lieu. Il
ne vit point d'être humain.

Tupia s'assit tristement sur le sable. Il
n'avait connu aucun des naufragés; néanmoins son bon cœur s'attristait à la pensée
de leur mort. En laissant errer mélancoli-

quement ses regards sur les épaves, il crut voir quelque chose ressemblant à un corps qui se débattait ; il l'examina plus attentivement et se jeta à la mer.

Nageant de toutes ses forces, il eut bientôt atteint l'objet de son attention. C'était une petite fille blanche. Tupia la saisit et regagna vigoureusement la terre. Arrivé sur la rive, il posa doucement son fardeau sur l'herbe, et, courbé sur elle, il attendit que la frêle créature revînt à la vie. Mais l'enfant resta sans mouvement. Tupia lui mit la main sur le cœur, il ne battait point.

La belle enfant blanche ne doit pas mourir. « Cependant, s'écria-t-il, je veux l'emporter avec moi. Poma la rappellera à la vie et la soignera. » Prenant la petite sur ses bras robustes, il entra dans une gorge étroite, qui laissait à peine un sentier à côté d'un ruisseau. En avançant, la gorge s'élargissait et devenait une vallée riante ; une chaumière couverte de feuilles de palmier se trouvait au milieu. C'était la demeure de Tupia.

Poma, sa femme, vint à sa rencontre.

Elle était cuivrée comme son mari, mais ne portait point comme lui les cheveux longs, les siens étaient rasés près de la tête.

« Qu'apportes - tu là ? » s'écria - t - elle étonnée.

Tupia raconta en peu de mots le naufrage, le sauvetage de la petite fille, et la remit dans les bras de sa femme. La physionomie bienveillante de Poma s'assombrit au récit de ce malheur. Elle embrassa la joue refroidie de l'enfant, et dit :

« C'est une fille blanche, elle vient du pays des blancs, dont tu m'as parlé quelquefois. Qu'elle trouve vie et bonheur dans la chaumière de Tupia. »

La hutte dans laquelle les deux époux entrèrent, était simple, sans aucun ornement. Trois rangs de piliers, faits de l'arbre à pain, dont celui du milieu était un peu plus haut que les autres, supportaient le toit en feuilles de palmier. Cela suffisait à abriter dans le mauvais temps.

Une partie du sol était jonchée de plantes sèches, sur lesquelles on avait étendu une natte artistement tressée.

C'était le lit des deux époux.

Poma mit la petite fille sur cette natte, la couvrit de drap de tapa, et dit en s'apprêtant à sortir :

« Je veux lui faire un breuvage. »

Peu de temps après, elle rentra, portant des herbes qu'elle pressa dans ses mains. Au moment où elle voulut en donner le suc à la petite fille, celle-ci poussa un soupir et ouvrit les yeux.

Poma et Tupia furent aussitôt à ses côtés et inclinèrent sur elle leurs têtes brunes. Elle les regarda un moment. Toutefois, comme elle sortait à peine de son évanouissement, ses paupières se refermèrent aussitôt.

« Elle vit ! » murmura Poma en plongeant ses doigts dans le jus d'herbe pour en humecter les lèvres de l'enfant.

« Elle dormira maintenant, et, avant que le soleil ait disparu dans la mer, elle sera guérie. »

Tupia battit des mains, car l'enfant blanche lui plaisait déjà tellement qu'il aurait pleuré sa mort. Poma, à qui le ciel avait refusé des enfants, se sentait également heureuse à la pensée d'en trouver une dans la petite naufragée.

« Elle est gentille et belle comme pas une des enfants de Taïti, dit-elle, et elle deviendra encore plus belle quand ses années augmenteront. »

Mais sa figure se rembrunit bientôt. Une crainte traversa son esprit : les parents viendraient peut-être réclamer l'enfant.

« Tranquillise-toi à ce sujet, lui dit Tupia, qui avait compris ses pensées. Tous ceux qui étaient dans le grand vaisseau sont bien morts. Le rivage n'en a recueilli aucun. Nous pourrons garder notre enfant blanche. »

Poma retrouva son sourire. Elle mit la main sur la poitrine de la petite fille, écouta sa respiration, qui, calme et régulière maintenant, annonçait un bon sommeil.

Elle admira de plus en plus sa protégée. Sa peau blanche et satinée, ses cheveux blonds tombant en boucles sur ses épaules, son habillement étranger même, tout lui plut.

Dans son pays les femmes avaient la peau cuivrée, les cheveux noirs et rasés. Elle avait cru qu'il en était ainsi partout.

Une heure s'était peut-être passée dans cette contemplation, lorsque la petite naufragée ouvrit les yeux. Elle les laissa errer lentement dans la chaumière, regarda le toit et la forêt qu'on pouvait apercevoir par les ouvertures, tâta la natte sur laquelle elle était couchée, et vit seulement alors les deux personnes qui étaient accroupies auprès d'elle.

Leur peau cuivrée, leurs étranges figures tatouées lui firent peur; elle se couvrit les yeux de ses mains, et s'écria avec terreur : « Père, père! où es-tu? Viens près de moi, père, père! »

Ni Tupia ni Poma ne comprirent ces paroles, qui sonnèrent pourtant harmonieusement à leurs oreilles, mais ils ne doutèrent pas que la petite n'eût peur d'eux. Aussi Poma, dans son langage, lui parla avec douceur, lui promettant de beaux jours, s'efforçant de la rassurer et de gagner sa confiance. Mais l'enfant n'en appelait que plus fort son père.

« Elle doit avoir grand soif, dit Poma, et les pleurs l'altèrent encore plus. »

Tupia se leva, prit une coupe remplie du lait doux de noix de coco, et l'offrit à l'enfant.

Cette boisson rafraîchissante eut à peine effleuré ses lèvres, qu'elle oublia pour un instant sa peine et but à grands traits. Sa peur aussi se dissipa un peu devant la bonté des deux inconnus; elle essuya ses pleurs, sans cesser toutefois de demander son père.

Poma, ne sachant comment la consoler, la prit dans ses bras et la porta à travers la forêt embaumée, vers le promontoire d'où l'on pouvait contempler la mer. La petite étendit ses bras et pleura de nouveau. Tupia, devinant maintenant qu'elle appelait ses parents, chercha à lui faire comprendre par des signes que tous les hommes du navire avaient péri.

L'enfant comprit ces signes, redoubla ses sanglots, et, lorsque Poma voulut la consoler encore, elle lui mit ses petits bras autour du cou. Celle-ci, heureuse du témoignage de confiance de la petite, dansa alors autour des arbres en la couvrant de baisers. Tupia regardait en souriant cette scène, tout en passant de temps à autre ses mains dans les cheveux blonds de la charmante étrangère.

Mais, avant de continuer notre histoire, jetons un regard en arrière et voyons ce qu'était la petite naufragée.

Il y avait longtemps que le père d'Hélène, c'était son nom, avait quitté l'Europe et s'était établi au Mexique. Là il s'était marié, avait vécu heureux, et avait amassé de grandes richesses. La naissance d'un enfant

semblait mettre le comble à son bonheur;
mais cette naissance, en coûtant la vie à la
mère, le plongea dans une noire mélancolie.
Il quitta dès lors le commerce afin de ne
vivre plus que pour sa fille. Plusieurs années
s'écoulèrent ainsi. Le chagrin, croissant dans
le cœur de l'époux avec l'herbe qui recouvrait la tombe de sa compagne, épuisa sa
santé. Les médecins lui conseillèrent un
changement d'air. Dès que la perspective de
revoir sa patrie se fut présentée à son esprit,
il s'y attacha; le pays où il avait perdu son
épouse bien-aimée lui devint odieux; il ven-
dit ses grands biens et s'embarqua avec sa
fille pour l'Europe.

Mais qui fait un voyage sur mer, nage sur
un fond dangereux. Le vaisseau sur lequel
il quitta Mexico fut démâté par l'orage et
erra des semaines entières sur l'Océan, jusqu'à ce qu'enfin il rencontra un navire qui
prit les hommes à son bord.

Hélas! ce vaisseau non plus ne devait pas
arriver à sa destination. Il sombra devant
l'île où il voulait renouveler sa provision
d'eau, et, de tout l'équipage, Hélène seule
fut sauvée.

Revenons maintenant à celle-ci.

La danse et les caresses passionnées de Poma la surprirent et lui firent un peu oublier son malheur. Tupia, pensant que la pauvre enfant devait avoir faim, monta sur un arbre à pain et y cueillit un de ces fruits agréables et nourrissants. Poma le pela et le fit cuire. C'était la première fois qu'Hélène voyait ce fruit d'une autre contrée.

Elle n'osa y toucher qu'après en avoir vu manger à ses deux protecteurs. Le danger couru, les émotions qu'elle avait ressenties, la foule d'impressions étranges qu'elle recevait, eurent une influence salutaire sur ses sens. Elle s'endormit bientôt dans les bras de Poma.

L'insulaire s'assit alors sur une pierre et chanta une mélodie monotone du pays, en berçant tendrement l'enfant. Jusqu'ici elle avait vécu sans but, l'île offrait en abondance la nourriture et tout ce qui était nécessaire à leur existence primitive. On n'avait qu'à tendre le bras pour trouver sans peine un aliment. Elle n'avait donc pas connu le souci.

L'événement de la journée devait changer sa vie. Hélène lui ouvrit un autre horizon. La blonde petite fille lui avait plu dès le premier instant, et maintenant, en la berçant, la fibre maternelle s'éveillait dans son cœur. Il lui semblait déjà qu'il lui serait impossible de s'en séparer.

Les pensées de Tupia avaient pris le même cours. Il croyait avoir reçu dans l'enfant blanche un trésor inestimable pour lequel il devait vivre et travailler. Il rentra dans sa chaumière, et, pour la première fois, elle lui parut nue et froide. Il avait vu la hutte des chefs contenant une foule d'objets agréables ; il pensa que la blanche naufragée avait bien plus de droits encore sur tous ces agréments qu'un de leurs chefs cuivrés. La première chose qu'il fit fut un oreiller en herbes sèches, où Hélène pût plus commodément poser sa tête.

La nuit était venue. Poma apporta l'enfant, la mit au lit et se coucha à son côté.

Lorsque Hélène remuait un bras ou un pied, elle se levait doucement et écoutait sa respiration. Tupia non plus ne put trouver le sommeil, et lorsque enfin la lassitude le força à s'endormir, il revit en songe le terrible naufrage.

————

II

Le lendemain matin, avant même que le soleil eût doré le sommet des montagnes, Tupia se leva et quitta sans bruit la chaumière. Il jeta un rapide regard sur les cimes des arbres, et se hâta de longer le ruisseau en le remontant. A mesure qu'il avançait, la vallée se rétrécissait, et des deux côtés se dressaient des rochers qui, en se resserrant, laissaient à peine un sentier.

Arrivé à un endroit où les rocs, en se réunissant, formaient une voûte au-dessus du ruisseau, Tupia s'arrêta, prit un filet qu'il avait apporté, l'attacha à un bâton, l'enfonça dans l'eau, qui formait à cette place un bassin profond. Il prit des poissons et des écrevisses en quantité. Content de sa pêche, il noua le filet pour y retenir les poissons, et ajusta fortement le bâton contre le rocher afin que le filet restât dans l'eau. Ensuite il continua son chemin et parvint bientôt à une magnifique cascade.

L'écume blanche tombait avec fracas de roc en roc, se divisant en des millions de goutelettes.

Un Européen eût déclaré impossible une ascension à côté de cette cascade. Pourtant Tupia n'hésita pas un instant. Il choisit d'avance les escarpements où il pourrait poser le pied, et, avec l'agilité d'un écureuil, il se hissa sur la première proéminence. Au-dessous de lui, l'abîme était caché par des herbes; Tupia savait qu'un faux pas pouvait lui coûter la vie. Néanmoins le danger ne l'inquiéta point. Il monta de roche en roche, se servant parfois de cordes qu'il avait apportées à cet effet, et arriva enfin à la cime de la chute, dans une petite vallée où il se mit à l'ombre d'un fégé ou borybam. Un peu de repos lui était nécessaire, la montée avait été fatigante; car, bien que de bonne heure encore, le soleil dardait déjà ses rayons brûlants sur la contrée.

Les bananes qui gisaient en quantité sur le sol étaient plus savoureuses en ce lieu qu'en aucun autre de l'île, et Tupia voulait que sa fille blanche eût tout ce qu'il y avait

de meilleur dans les environs. Les bananiers,
avec leurs feuilles immenses, s'élevaient
jusqu'à la hauteur de vingt à vingt-cinq
pieds; les troncs en avaient trois à quatre
de circonférence. Tupia chercha les plus
beaux fruits, les mit entre deux de ces
feuilles, les entoura de plantes grimpantes,
et plaça le tout sur son dos. Non content
encore de ce butin, il coupa des cannes à
sucre, prit des baies, des feuilles tendres du
taro, et se disposa à redescendre la cascade.

Si la première partie de son excursion
avait été dangereuse, la seconde devait l'être
doublement, maintenant que le moindre choc
pouvait lui faire perdre l'équilibre. Mais la
main de Dieu, qui l'avait protégé jusqu'a-
lors, le soutint encore. Baigné de sueur, il
arriva enfin à la place où les poissons et les
écrevisses s'agitaient dans le filet. Il le retira
de l'eau et se hâta de retourner vers sa
chaumière, où Poma devait déjà être inquiète
de sa longue absence.

Il la trouva devant la porte, tenant Hélène
sur ses genoux. Le tableau était charmant
par le contraste même de la femme et de
l'enfant. Elles essayaient de se comprendre

mutuellement. Poma parlait par signes, Hélène lui répondait en vain dans son doux langage. Enfin l'insulaire, voyant tous ses efforts inutiles, prit l'enfant dans ses bras et la couvrit de baisers ; celle-ci reçut ses caresses sans plus témoigner de frayeur.

Tupia regarda en souriant cette scène gracieuse, et resta quelques instants sous les arbres à pain avant de remettre à sa femme les provisions qu'il apportait.

« Bien, Tupia, dit celle-ci joyeusement ; j'avais déjà songé à ce que nous pourrions offrir à notre fille blanche, car les noix de coco et les fruits de l'arbre à pain ne sauraient longtemps lui suffire. Il doit y avoir dans son pays de bien meilleures choses que les productions de l'île. »

Elle se leva pour apprêter le repas, et Hélène la suivit, regardant curieusement sa manière de le faire. Tupia prit deux morceaux de bois sec et les frotta fortement jusqu'à ce qu'ils produisissent du feu. Poma, pendant ce temps, avait apporté des broutilles, et peu de minutes après les flammes s'élevaient gaiement. Elle mit sur le feu de petites pierres, qui se chauffèrent vite, nettoya les poissons, les bananes, les

enveloppa dans des feuilles vertes et les
plaça entre les pierres rougies; ensuite elle
couvrit le tout de terre, de manière à con-
centrer intérieurement la chaleur. Ce simple
repas fut bientôt cuit. Poma sépara les
pierres avec un bâton, prit les paquets
carbonisés et les défit.

Hélène, qui avait suivi avec intérêt cette
nouvelle manière de faire la cuisine, pensa
ne pouvoir toucher à ces mets, qui, suivant
elle, devaient être pleins de terre et de cendres. Mais lorsqu'elle vit Poma découvrir
proprement les poissons et les fruits, elle
prit part à ce repas primitif, qui, malgré
tout, lui sembla meilleur que bien des dî-
ners qu'elle avait faits. L'eau claire du ruisseau et le lait de coco composaient la saine
boisson de ce repas insulaire. Nous avons vu
que Tupia trouvait sa hutte trop nue et trop
pauvre pour loger leur hôte. Elle lui avait
paru suffisante pour sa femme et pour lui;
mais, à cette heure où ses dieux lui avaient
amené une petite fille blanche, il n'en était
plus ainsi.

Il voulut d'abord lui faire un oreiller pour
remplacer les feuilles insuffisantes qu'il
avait assemblées la veille. Il prit donc une

hache et alla dans la forêt pour en faire un.

Dans la forêt! avec une hache! s'écrieront mes lecteurs. Pourtant il en fut ainsi. Il ne serait venu à l'idée d'aucun Taïtien de faire un bon oreiller comme ceux que nous avons en Europe. Un bloc de bois massif, ayant un creux pour placer la tête, est l'oreiller des habitants les plus riches de l'île. Hélène dut s'habituer à ce luxe, quoiqu'elle eût mieux aimé d'abord s'en passer. Mais l'habitude est une seconde nature, et les choses les plus inutiles, incommodes même, deviennent indispensables après qu'on en a fait un long usage. Il en fut ainsi pour Hélène.

Tupia avait remarqué que la petite fille ne savait pas s'asseoir à la façon des insulaires, c'est-à-dire les jambes croisées; il se décida donc à lui faire un iri ou chaise.

Si je dis chaise, il ne faut pas s'imaginer non plus un meuble ayant quelque ressemblance avec ceux de l'Europe, car l'iri se compose d'un seul bloc de bois au milieu duquel on fait une cavité. Tupia mit assez de temps à faire ce siège, mais il fut dédommagé de sa peine lorsqu'il vit la petite Hélène s'en servir pour la première fois. Il battit des mains, et sa femme Poma dansa autour de l'enfant qui riait.

L'activité de Tupia, mise en éveil, ne se ralentit point. Il ne voulut plus qu'Hélène mangeât dans une feuille de bananier. Le rôti de porc que sa femme savait si bien préparer serait assurément meilleur sur un umati ou plat. Un tel plat n'est, en réalité, rien autre qu'une assiette de bois soutenue par quatre pieds, et qui, à cause de son poids, peut difficilement être déplacée. La chaumière de Tupia prit peu à peu un autre aspect. De grandes courges remplies d'eau fraîche et des coupes de noix de coco pendaient aux poteaux; les paniers de provisions furent suspendus à une haute perche lisse, afin que les rats, qui se trouvent en quantité dans l'île, ne pussent les atteindre. En un mot, la hutte de Tupia offrit bientôt plus d'agréments que celle d'un grand chef.

Hélène, malgré son bon cœur, était encore trop jeune pour s'abandonner à la tristesse. Sa douleur se calma peu à peu, elle s'accoutuma à aimer ses excellents protecteurs comme des parents adoptifs, et la riante vallée comme une seconde patrie.

Poma était fort affectueuse et bienveillante avec les enfants. Ce pays fertile exigeant peu de travail de la part de ses habitants, elle eut tout le loisir voulu pour s'amuser avec sa charmante favorite.

Avant qu'une année se fût écoulée, Hélène savait parler la langue de l'île.

Elle se développa promptement sous ce beau ciel. Sa peau brunissait légèrement sous l'action du soleil; mais son visage restait si frais et si joli, ses manières étaient si différentes de celles des insulaires, son intelligence si vive, son jugement si juste, qu'elle fut regardée comme une merveille, comme un être d'une espèce supérieure.

Ses vêtements étant depuis longtemps devenus trop petits, Poma dut se résoudre à l'habiller en drap de tapa.

Deux pièces de cette étoffe forment le vêtement en usage dans l'île. A l'une, on fait un trou au milieu pour y passer la tête, et les deux parties retombent devant et derrière à la hauteur des genoux; l'autre, ayant six à sept pieds de longueur et environ un et demi de largeur, enveloppe plusieurs fois le corps sans le serrer.

Ce drap de tapa ne laisse rien à désirer quant à la finesse et à la beauté; mais il ne

pourrait être porté dans notre climat, car il
ne peut pas plus supporter la pluie que le
papier. A Taïti, où il pleut rarement, les
habitants mettent ces jours-là un vêtement
de nattes très fines, tissées de feuilles d'hi-
biscus. Ils ont une telle adresse à fabriquer
ces nattes, que les Européens, avec l'art
et les instruments dont ils disposent, ne
sauraient parvenir à les faire aussi bien.

III

Hélène continuait à vivre dans l'étroite vallée où, sauf Tupia et Poma, elle ne voyait pas un être humain. Aussi longtemps que toutes les choses autour d'elle lui furent inconnues et qu'elle en reçut des impressions nouvelles, son esprit n'éprouva point le sentiment du vide. Mais le moment arriva où elle connut chaque arbre de la vallée, chaque rocher du ruisseau, et où, la monotonie de son existence ne lui apportant plus de diversions, le passé se présenta à son imagination plus fortement que jamais. Pendant longtemps le souvenir de son père, de son pays lointain, du voyage sur mer, avait légèrement sommeillé en elle.

Maintenant la perte de son père se faisait plus vivement sentir. Elle restait parfois des heures entières tranquillement assise auprès du ruisseau, l'écume des vagues lui baignant les pieds, et ses yeux humides perdus dans l'espace.

Les deux Taïtiens ne firent d'abord point attention à sa mélancolie ; mais, lorsque Hélène devint de jour en jour plus silencieuse, lorsque les roses disparurent de ses joues, alors Poma devint inquiète et parla à son mari du changement opéré en leur enfant chéri.

Les breuvages dont elle connaissait l'efficacité contre les différentes maladies n'avaient plus d'effet sur Hélène. Elle devenait de jour en jour plus triste et plus pâle.

Poma, qui souffrait avec sa petite favorite, la prit une fois sur ses genoux et lui demanda avec de tendres caresses ce qu'elle avait.

Hélène alors mit en pleurant ses bras autour du cou de l'excellente femme, et s'écria :

« Mère, mère, il me faut partir ! Il me faut chercher mon père !

— Hélène, ma bonne enfant, répondit Poma, as-tu donc oublié que les flots ont englouti ton premier père ? Ne sais-tu pas que tu n'as plus d'autre père que Tupia, d'autre mère que Poma, et qu'ils t'aiment comme les fleurs aiment la rosée ? »

L'enfant demanda alors son pays. Tupia secoua la tête, et dit :

« Ton pays est de l'autre côté de la grande eau, où jamais pirogue de Taïtien n'a abordé. Tu le sais, mon enfant, je t'aime ; pour te faire un plaisir je gravirais avec bonheur les sommets de nos plus hautes montagnes, mais te ramener dans ta patrie m'est impossible : le puissant Pomaré lui-même ne saurait naviguer jusque-là. »

A partir de cette heure, Hélène, pour ne pas attrister ses parents adoptifs, ne parla plus de sa patrie ; mais chaque jour la vit s'alanguir davantage.

« Le lis blanc va mourir, dit tristement Poma à son mari ; quittons notre hutte et allons demeurer près de la mer. Là notre enfant trouvera des compagnes joyeuses qui lui feront oublier son chagrin. »

Tupia jeta un regard de regret sur la chaumière qu'il avait élevée, sur les arbres à pain qu'il avait plantés, sur le ruisseau dont il avait consolidé les rives. Il lui était dur de quitter cet endroit qu'il aimait, qui lui offrait en quantité sa nourriture, et où seulement il croyait pouvoir habiter en paix. Toutefois il répondit aussitôt : « Partons, puisque tu crois que c'est le salut de notre fille. »

Et le lendemain matin Poma prit Hélène
sur ses épaules, tandis que Tupia se char-
geait des nattes et des ustensiles de leur
habitation.

Poma marcha la première, d'un pas hâtif
et sans se retourner, pour ne pas s'attrister
davantage à l'aspect de ces lieux chéris.
Arrivé dans la forêt, Tupia jeta encore un
long regard baigné de larmes sur le toit qui
les avait abrités, et, se mettant ensuite à la
tête de la petite caravane, il continua en silence sa marche.

L'étroit sentier sillonnait une descente
rapide. A une certaine place les buissons
épais des guaves, s'élargissant, découvraient
la vue sur l'Océan, qui étendait devant eux
son immensité.

Hélène, qui jusqu'alors était restée appuyée
sur l'épaule de Poma, fut comme enchantée
à cette vue. Elle poussa des cris de joie et
étendit les bras vers la mer.

Tupia la prit alors sur ses épaules afin
qu'elle pût mieux contempler ce spectacle.

« C'est beau ! s'écria-t-elle ; c'est là qu'il
faut bâtir notre nouvelle hutte. »

Et Tupia prit la petite main de l'enfant en répondant :

« Oui, Hélène, c'est là que nous allons établir notre demeure, demeure bien plus belle que celle de la vallée, où tu étais toujours si triste. »

Hélène était comme changée, et sa gaieté rejaillit sur ses parents. Les buissons de guaves, qui forment à Taïti des fourrés de plusieurs lieues de circonférence, étaient couverts de fleurs et de fruits. Hélène descendit des bras de Tupia pour en cueillir quelques baies.

L'insulaire et sa femme, fatigués de leur longue course, mangèrent aussi de ces fruits. La guave est une plante merveilleuse; elle s'étend avec la rapidité d'une mauvaise herbe, couvre des terres entières et empêche toute autre production. Mais elle donne une telle quantité de fruits qu'on n'en voit jamais la fin. Ceux-ci sont très savoureux. Après quelques minutes, Poma voulut reprendre la petite fille sur ses genoux; mais Hélène, joyeuse, s'y refusa et se mit à sauter devant ses amis, de sorte qu'ils eurent même de la peine à la suivre.

Parvenue sur les bords de la forêt de

guaves, où le regard pouvait embrasser les
environs, la jeune fille s'arrêta tout d'un
coup.

« Que c'est beau ! » s'écria-t-elle en montrant du doigt une place où l'on apercevait
une foule de toits perdus dans les arbres.

Tupia et Poma regardèrent aussi avec
plaisir ce beau paysage.

Plus ils avançaient, plus riante se dérou-
lait devant eux la campagne. Ici s'étendait
un champ de bananiers avec ses feuilles d'un
vert tendre ; là brillait l'orange dans son
feuillage sombre, et à côté les champs de
cannes à sucre et d'ananas promettaient les
meilleurs rafraîchissements.

Hélène avait vu de bien beaux fruits et de
belles fleurs dans les alentours de sa première demeure ; mais ici ils étaient d'une
telle magnificence, qu'ils surpassaient de
beaucoup tout ce que le vieux monde peut
offrir en ce genre. Dans les branches des
arbres se balançaient des oiseaux au ravissant
plumage, et l'homme qui aurait été tout à
coup transporté sur ces rives eût cru que
la main bienfaisante de Dieu lui avait fait
retrouver le paradis.

Ainsi en fut-il pour Hélène. Aussi ses

impressions nouvelles l'aidèrent-elles à se consoler peu à peu de tout ce qu'elle avait perdu.

Les trois voyageurs eurent bientôt atteint la rade de Papéiti, qui s'étendait en forme de demi-cercle à leurs pieds. Une foule d'insulaires se trouvèrent sur la rive, tandis qu'au loin, sur la nappe unie de la mer, se croisaient de nombreuses pirogues.

Tupia les laissa jouir pendant quelque temps de ce spectacle; ensuite il les mena, par un étroit et frais sentier, vers l'endroit où les huttes de Papéiti commençaient. Il choisit une place à peu de distance des autres et se prépara à y élever la sienne. Ils y étaient à peine que des jeunes gens et des jeunes filles, ornés de fleurs odoriférantes, vinrent vers eux.

Voyant pour la première fois une jeune fille à la couleur blanche et ayant de longues boucles blondes, ils s'arrêtèrent tout étonnés et la regardèrent curieusement.

Alors Tupia leur raconta comment il l'avait sauvée d'un naufrage, depuis combien de temps elle vivait avec eux, et ajouta que c'était à cause d'elle qu'ils allaient bâtir leur hutte sur la plage de Papéiti.

La nouvelle de l'arrivée de la jeune fille blanche se répandit vite sous les toits de palmier; de tous côtés les indigènes arrivèrent pour la voir. Tous lui apportèrent un cadeau de fruits ou de fleurs.

Poma, flattée de voir sa petite favorite si choyée et si admirée, commença à leur parler de ses bonnes qualités; et les insulaires, ravis d'apprendre que la belle enfant blanche allait demeurer au milieu d'eux, s'offrirent en foule pour aider Tupia à bâtir sa demeure.

Ils se mirent immédiatement à l'ouvrage; des hommes et des jeunes gens partirent pour chercher les poteaux nécessaires, tandis que les femmes apportèrent des feuilles de palmier pour le toit.

Avant le coucher du soleil, la hutte se trouva terminée.

La jeunesse de Papéiti chanta encore la bienvenue; ensuite le silence se fit autour des nouveaux habitants; les oiseaux se turent, les étoiles se reflétèrent dans l'onde, et les habitants de la chaumière dormirent d'un doux sommeil.

Parmi les insulaires qui s'étaient montrés le plus aimables, Hélène avait distingué une jeune fille dont la taille élancée et les gestes gracieux avaient attiré sa sympathie. Poma lui avait dit que c'était Omana, la fille d'un chef qui avait habité autrefois dans les montagnes, et que le roi, à cause de l'affection qu'il lui portait, avait depuis peu appelé près de lui.

Hélène vit toute la nuit en rêve cette jeune fille. Quel ne fut pas son étonnement de la trouver, à son réveil, assise à côté d'elle sur la natte ! Omana était venue de bonne heure pour revoir la jeune fille, qui lui plaisait infiniment. Dès qu'Hélène fut éveillée, elle lui offrit, avec un doux sourire, une coupe remplie d'huile de coco parfumée; et lorsque la jeune fille surprise demanda dans quel but elle lui apportait cette offrande, Omana répandit de l'huile odoriférante sur la tête d'Hélène, et oignit ses boucles blondes; mais, quand la jeune insulaire voulut faire de même sur son cou et sur ses épaules, Hélène s'en défendit en disant :

« Ma bonne Omana, dans le pays qui m'a vu naître, on se parfume bien les cheveux, mais on se lave avec de l'eau la figure et les épaules. J'en ai pris l'habitude et je veux continuer.

— Parle-moi de ton pays, » reprit alors Omana.

Hélène était jeune encore lorsqu'elle quitta le Mexique, non point assez toutefois pour ne pas se souvenir de cette contrée et des mœurs qui y sont en usage, mœurs qui différaient si fort de celles de Taïti.

Elle était heureuse de confier ses souvenirs à son amie, et Omana, qui entendait pour la première fois parler d'un peuple blanc, retenait son haleine pour mieux écouter la narration.

Dès ce jour, les deux jeunes filles devinrent des amies inséparables et parcoururent ensemble la campagne. Partout où Hélène se présentait, elle était accueillie avec joie; tous rivalisaient envers elle de témoignages affectueux. Même le chef Tane, père d'Omana, un homme grave et silencieux, souriait quand elle entrait dans sa cabane. Il ne faisait jamais une excursion dans les montagnes sans lui apporter soit une fleur rare, soit un fruit savoureux, soit un oiseau au riche plumage.

IV

Quelques années se passèrent ainsi rapidement pour Hélène. Les distractions et les
plaisirs de toutes sortes dont elle était entourée dissipèrent ses regrets et sa tristesse.
Elle pensait souvent encore à son père chéri,
mais avec résignation, et elle cherchait à se
rappeler ses instructions autant que ses
douces paroles. Elle songeait surtout aux
recommandations qu'il lui avait faites au
sujet de la religion, et récitait matin et soir
les prières qu'elle avait apprises sur ses
genoux.

Mais son bonheur ne devait pas durer.

Un soir, que les deux jeunes filles étaient
assises, à l'ombre des hauts palmiers, sur
un promontoire, et qu'elles regardaient les
nombreuses pirogues qui sillonnaient la mer,
les yeux d'Omana se remplirent de larmes
et ses sanglots éclatèrent.

« Qu'as-tu, ma chérie? lui demanda Hélène, je ne t'ai jamais vue pleurer. Pourquoi es-tu si triste aujourd'hui? Dis-le-moi, si tu m'aimes.

— Je suis une enfant insensée, répondit Omana, car je pleure en pensant à la douleur qui m'attend demain.

— Qu'est-ce donc? insista Hélène; qui doit t'occasionner une douleur?

— Demain, répliqua la Taïtienne, est le grand jour où mon corps sera orné de fleurs.

— Tu seras tatouée! exclama Hélène en frissonnant. Non, non, il ne le faut pas! C'est affreux de défigurer ainsi notre corps. Je vais dire à ton père que les hommes blancs ne se font jamais tatouer. »

A ces mots, Omana cessa de pleurer, mit sa tête sur les genoux d'Hélène et lui dit d'une voix douce :

« Non, si tu m'aimes, tu ne feras pas cela; j'ai pleuré parce que je pensais à la douleur, mais je désire moi-même les fleurs. Une vierge de Taïti ne peut vivre sans les avoir. Elle serait méprisée et rebutée de tous. Tu vois donc qu'il le faut et je le veux, dussé-je même en mourir. Mais j'ai une prière à te faire : reste avec moi pour que je sois forte et que je ne perde point courage. »

Hélène frissonnait à la pensée d'être témoin d'un spectacle si sanglant ; mais, comme Omana ne cessa de la prier, elle promit d'assister à l'opération.

Revenue dans la hutte de ses parents, elle apprit que douze autres jeunes filles de Taïti devaient être tatouées en même temps qu'Omana, et qu'à cette occasion il y aurait une grande fête.

Poma avait eu la secrète pensée que sa fille chérie pourrait aussi prendre part à cette distinction. Elle croyait qu'avec cette transformation elle perdrait le souvenir de son pays, qu'elle deviendrait tout à fait Taïtienne et ne songerait plus jamais à quitter ses parents adoptifs.

Mais, lorsqu'elle entendait Hélène parler avec horreur de cette cérémonie barbare et dire que cet usage était indigne d'un être humain, elle renonça à cet espoir, soupirant de ce qu'il y aurait toujours une différence entre sa fille et les autres filles de l'île.

Omana arriva le lendemain matin de bonne heure à la hutte de Tupia, prendre Hélène pour assister à l'opération douloureuse.

Tout Papéiti était orné de fleurs, les habitants avaient embelli leurs demeures jusqu'aux toits. Ils parcouraient les rues en habits de fête, chantant et s'interpellant gaiement. Hommes et femmes portaient pour ce jour solennel le triple nombre d'habits de tapa, et les enfants même étaient vêtus.

Omana emmena son amie dans sa propre hutte. Le chef Tane tendit la main à sa fille et l'exhorta à rester courageuse pendant la sainte cérémonie; ensuite il sortit pour ne pas être témoin de l'action.

A peine avait-il quitté la chaumière, qu'un homme, portant un instrument à dents aiguës, entra. Omana, malgré sa ferme volonté de ne point trembler, ne put s'empêcher de frémir. Hélène jeta ses bras autour du cou de son amie, la supplia de quitter ce lieu et de s'opposer au tatouage; mais deux femmes qui avaient suivi le prêtre tatoueur séparèrent les jeunes filles. Omana retrouva ses forces.

« Il faut que cela se fasse, » dit-elle en tendant ses bras.

Les femmes lui ôtèrent la partie supérieure de sa robe, et le prêtre, posant son instrument sur le bras droit, commença à donner rapidement de forts coups. Le sang jaillit à chaque déchirure et rougit le corps de la pauvre Omana; celle-ci ne trembla pas, elle trouva même le courage de sourire à son amie. Le bras droit terminé, elle offrit le gauche; mais Hélène vit qu'Omana était devenue affreusement pâle et que la souffrance resserrait ses muscles.

« Cessez, homme sans pitié! s'écria-t-elle; ne voyez-vous pas que vous la tuez? »

Et d'un bond elle voulut s'élancer vers l'opérateur pour lui arracher l'instrument. Les femmes l'en empêchèrent et la forcèrent de s'asseoir sur les nattes.

Elle ferma les yeux pour ne plus rien voir; mais elle entendit le prêtre donner des coups de plus en plus rapides, et la respiration d'Omana devenir aussi plus bruyante.

Celle-ci, avec une incroyable énergie, n'avait pas encore jeté un cri; toutefois, sous les blessures répétées, elle commença à faiblir et un gémissement sortit de ses lèvres.

Hélène se remit à ce cri; de nouveau elle voulut arrêter le bourreau qui torturait son amie; mais un regard jeté sur le dos ensanglanté de celle-ci lui ôta toute force : elle retomba inanimée.

Ce fut un bonheur pour elle de perdre connaissance, car elle aurait dû entendre les faibles gémissements d'Omana se changer peu à peu en cris d'indicible douleur.

Lorsque Hélène revint de son évanouissement, la hutte se trouvait vide. Une place humide de sang et la robe rougie d'Omana témoignaient seules de la scène qui venait de se passer. Les mains sur les yeux, elle se sauva dans les champs de cannes à sucre, où elle se cacha jusqu'à ce qu'enfin Poma la trouva et la ramena chez elle.

Dans l'après-midi de ce même jour, il s'éleva un grand bruit.

« Qu'est-ce que cela? demanda Hélène.

— La fête des vierges a commencé, répondit Poma, allons la voir.

— Je ne veux pas, répliqua Hélène; la fête a pour objet le sang de la pauvre Omana; je ne veux pas y prendre part. Vas-y avec Tupia, moi je reste ici jusqu'à votre retour. »

Les deux époux quittèrent Hélène après un long débat, et celle-ci se retrouva seule.

La tête appuyée contre un poteau, elle songeait aux grandes douleurs que son amie devait endurer depuis le matin, douleurs qui devaient se continuer dans l'après-midi.

Elle cherchait dans son cœur si elle ne trou-
verait pas un baume à apporter à son amie;
elle n'en connaissait point. Tout à coup la
pensée de la prière lui vint à l'esprit. Oui,
c'était Dieu qu'elle devait implorer! Dieu
dans sa bonté ne délaisserait pas la pauvre
victime. Hélène s'agenouilla et pria longtemps. Il lui sembla qu'une douce espérance
venue du ciel l'assurait que les souffrances
d'Omana avaient cessé.

Elle se leva contente et sortit de la hutte.
Elle entendit bientôt dans le lointain le son
monotone du pahu (tambour couvert de peau
de requin), auquel se mêlaient les accords
de la flûte de bambou. Cette flûte est intro-
duite dans le nez, non dans la bouche.

Lorsque la musique cessa, le chant des
hommes et des femmes se fit entendre.
Hélène aurait bien voulu maintenant aller
rejoindre Omana pour la consoler, mais elle
craignit la foule. Après avoir écouté quelques
instants encore, elle monta sur un arbre à
pain pour voir ce qui se passait.

Tous les habitants étaient assemblés sur la
plage. Le roi, qu'elle n'avait vu jusqu'alors
que rarement, était assis sur une sorte de
trône, élevé sur un rocher. A ses pieds, et

sur un lit de feuilles, se tenaient un certain nombre de jeunes filles et parmi elles Omana.

Il était facile de voir que toutes étaient tatouées nouvellement et que la fête était donnée en leur honneur.

La foule avait fait cercle autour du roi et des jeunes filles.

Au milieu de la place laissée libre entre le trône et le peuple, plusieurs Indiens exécutaient des danses guerrières, faisaient des courses, s'exerçaient à sauter, etc.; dans les intervalles on entendait le chant discordant de la foule. Hélène se serait certainement amusée à ce jeu si un événement imprévu ne lui avait causé une frayeur mortelle.

A la fin d'une danse, le cercle des curieux s'ouvrit tout à coup, et dix prêtres s'avancèrent vers le roi. Le premier portait une lourde massue. Au milieu de ces prêtres marchait un jeune homme, le front orné de fleurs, les mains liées derrière le dos.

Hélène poussa un cri.

« Ce n'est pas un Taïtien, s'écria-t-elle, c'est un blanc, et ces inhumains veulent le tuer. »

Et, sans se donner le temps de réfléchir, elle descendit de l'arbre et courut vers la plage. Son arrivée fut si prompte qu'elle avait fendu la foule, le groupe des prêtres, et qu'elle se trouvait à côté du prisonnier avant qu'on eût pu la remarquer. Dans ce moment, le prêtre levait sa massue pour assommer l'étranger d'un seul coup. Tous les yeux étaient fixés sur celui-ci afin de jouir du sacrifice. Mais, avant que le coup eût pu être porté, Hélène s'était jetée sur le bras du grand prêtre et lui avait enlevé l'instrument de mort pour le jeter au loin.

Prêtres et peuple restèrent stupéfaits d'une pareille audace; ils n'attendaient rien moins qu'un éclair du ciel venant anéantir la coupable.

Hélène leva fièrement la tête, et, s'avançant vers le trône, elle dit d'une voix assurée :

« Roi de Taïti, pourquoi veux-tu laisser immoler ce jeune homme qui n'appartient pas à ton peuple et qui ne t'a fait aucun mal? N'as-tu pas eu aujourd'hui assez de sang? » poursuivit-elle en désignant du regard les corps mutilés des jeunes filles.

Un cri de fureur s'éleva de la foule et coupa la parole à Hélène. Tupia et Poma se levèrent avec frayeur, sachant ce qui attendait leur enfant si elle ne s'éloignait aussitôt.

« Hélène! Hélène! s'écrièrent-ils ensemble, viens à la maison, tu es malade. » Et ils s'élançaient pour l'emmener, lorsqu'ils furent repoussés par la foule menaçante. Omana éleva en pleurant ses bras ensanglantés, implorant son amie de ne pas se livrer elle-même à la vengeance du peuple.

Le roi seul avait regardé cette scène avec impassibilité, tandis qu'un léger sourire se jouait sur ses lèvres. Il se leva enfin de son trône, et d'un signe commanda le silence. Le tumulte s'apaisa.

« Ma fille, dit alors le roi à Hélène, j'ai appris que Tupia t'a sauvée des eaux. Les Papéitiens racontent des choses étonnantes sur ton compte; ils disent que ta manière de vivre est complètement différente de celle du pays. Dis-moi donc pourquoi tu t'intéresses à cet étranger et pourquoi tu t'opposes à ce qu'il soit sacrifié aux dieux.

— Dis-moi d'abord quel crime il a commis, répliqua Hélène, et je te donnerai mes raisons. »

Le roi, pris à l'improviste par cette question, demanda à l'un des prêtres d'y répondre.

« En est-il besoin? répliqua celui-ci. Ne suffit-il pas que nous célébrions aujourd'hui une fête où il doit couler du sang en l'honneur des dieux ? Cet homme est descendu sur notre rive pendant la danse des guerriers, preuve manifeste qu'Oro[1] l'a désigné pour sa victime.

— Vos dieux n'ont ni force ni puissance, s'écria Hélène, il n'y a qu'un seul Dieu et Celui-là protégera l'étranger. »

Un nouveau cri de rage suivit cette déclaration.

Mais le roi imposa de nouveau silence et poursuivit :

« En vérité, mes amis, cette jeune fille a un grand courage ; je la prends sous ma protection particulière et je défends qu'on lui fasse aucun mal. Quant à l'étranger, qui paraît partager l'opinion de la vierge blanche sur nos dieux, il mourra s'il ne peut démontrer leur faiblesse. »

A ces mots, les yeux du jeune homme rayonnèrent, il s'écria :

« Ce jugement est digne d'un roi. Apportez donc vos dieux et je démontrerai qu'ils n'ont aucune puissance. Si je ne puis le prouver, vous pourrez alors prendre ma vie et suspendre mon corps à l'arbre le plus

[1] Oro était le dieu principal des Taïtiens.

haut de l'île, jusqu'à ce que sa poussière se dissipe au vent. »

Le roi donna ordre d'apporter les dieux. Les prêtres s'éloignèrent en murmurant et revinrent avec des statues horribles qu'ils déposèrent devant le trône.

« Otez les liens de mes mains, » dit alors l'étranger.

Le roi fit de nouveau un signe et les liens tombèrent.

« Taïtiens ! s'écria alors le jeune homme, vous croyez que ces dieux ont une puissance qui surpasse de beaucoup celle des hommes. Vous dites qu'ils ne reçoivent jamais d'injure sans en tirer immédiatement une vengeance éclatante. Eh bien, je provoquerai leur colère et ils resteront silencieux, car ils n'ont pas plus de pouvoir que le bois dont ils sont faits. Vous verrez ainsi que j'ai plus de force qu'eux. » Le peuple se taisait, attendant en frémissant une vengeance terrible. Mais les prêtres, qui savaient fort bien que leurs idoles ne bougeraient point, firent des objections. Le roi leur répondit :

« La proposition de cet homme est juste ; laissez-le faire. »

Celui-ci saisit alors la massue qu'Hélène

avait jetée au loin, et, se plaçant devant les images, il s'écria :

« Aujourd'hui vous donnerez la preuve de votre impuissance. Si vous avez la force que ce peuple croit, faites qu'un éclair du ciel me foudroie, que la terre m'engloutisse. Voyez autour de nous ce peuple qui vous adore. Si vous êtes vaincus, il reconnaîtra que vos prêtres sont des imposteurs ; il se détournera de vous et adorera le seul vrai Dieu. Montrez donc tout votre pouvoir, et vengez l'outrage que je vous fais. »

Tout le peuple s'était levé à ces paroles audacieuses ; sur chaque figure se lisait l'horreur que leur inspirait un tel sacrilège.

Le jeune homme leva la massue, et la laissa retomber avec force sur la tête informe du premier dieu. Les bras et les jambes s'en détachèrent ; il ne resta que le tronc avec les plumes rouges qui le décoraient.

Le peuple leva les yeux en haut, attendant l'éclair qui devait foudroyer l'impie. Le jeune homme regarda autour de lui d'un air triomphant, et, élevant pour la seconde fois la massue, il en frappa un autre dieu, lequel vola en éclats auprès du trône royal.

Lorsque le dernier fut mis en morceaux, l'étranger jeta sa massue et dit :

« J'ai tenu ma parole, tenez la vôtre ; donnez-moi la liberté, afin que je puisse aller retrouver mes compagnons et partir. »

Les Taïtiens, dont la foi en leurs idoles ne faiblissait point, poussèrent des cris sauvages en demandant sa mort.

Le roi s'écria :

« Il est libre et peut se retirer où il veut. Les dieux ont dormi aujourd'hui, peut-être se réveilleront-ils demain. »

V

Après que le roi Pomaré eut rendu ce jugement, qui fit l'étonnement et l'indignation des habitants de Papéiti, il quitta l'assemblée, porté sur les épaules de deux de ses serviteurs, et se rendit à sa demeure.

Les insulaires ne revinrent que lentement de leur surprise ; mais, à la fin, leur fureur, augmentée encore par les paroles des prêtres, éclata.

« C'est la fille blanche, cria l'un d'eux, cette fille sauvée par un Taïtien, qui a enlevé aux dieux leur victime ; il faut qu'elle périsse à la place de l'étranger : n'est-ce pas juste ? »

Nul ne répondit ; tous frémirent à la pensée qu'Hélène, la favorite de l'île, serait tuée et mutilée. Mais, lorsque le même prêtre, levant les mains, conjura le peuple de venger leurs divinités, une femme s'écria :

« Elle appartient à Oro ! qui s'oppose à sa mort mérite de mourir avec elle, car jamais crime pareil n'a souillé notre île. »

Quelques hommes s'avancèrent pour lier Hélène.

Omana, qui avait suivi cette scène avec une anxiété croissante, s'élança alors du milieu des jeunes filles tatouées, et, nouant ses mains autour du cou de son amie, elle s'écria :

« Tuez-moi avec elle, si elle doit mourir ! »

Tupia et sa femme, qui avaient réussi à l'approcher, étendirent leurs bras pour la protéger contre l'attaque des ennemis.

« Le droit et la justice sont méconnus aujourd'hui ! exclama un prêtre furieux. Mais les dieux doivent avoir leur victime. Que tous les quatre donc soient immolés au courroux d'Oro. Que leur sang coule à cette place maudite, pour laver l'outrage qu'il y a reçu. »

Un tumulte indescriptible suivit ces paroles; les tambours et les flûtes résonnèrent, les hommes agitèrent leurs armes, et les femmes jetèrent des pierres contre les victimes désignées.

On ne pouvait comprendre qui était pour

ou contre eux; la foule se pressait toujours davantage, et déjà un homme du peuple avait saisi la tête d'Hélène, pour y laisser tomber la hache qu'il tenait élevée, lorsqu'une voix forte se fit entendre :

« Place! place! Celui qui n'obéira pas, sentira ma lance dans le cœur. »

C'était la voix du chef Tane. Il se fit promptement un chemin au milieu de la foule, et étendit ses bras sur la tête d'Hélène.

« Si elle a offensé les dieux, ils la puniront! exclama-t-il; jusque-là, elle est sous la protection du roi et sous la mienne. En avant, vous tous qui vous appelez mes amis! défendez-la contre toute atteinte. Et vous qui l'attaquez, et qui l'avez regardée jusqu'ici comme un être d'une nature supérieure, comment pouvez-vous réclamer son sang? Réfléchissez, n'écoutez pas la haine d'un instant; attendez que le soleil ait encore une fois éclairé ce lieu. Si alors nos divinités le commandent, je serai le premier à l'immoler. »

Tandis qu'il parlait, une douzaine d'hommes s'étaient groupés à ses côtés pour lui venir en aide au besoin.

« Je la mène maintenant dans sa hutte,

continua le chef, et malheur à celui qui touchera à un de ses cheveux ! »

Tane et ses amis conduisirent les quatre personnes à travers la multitude, qui s'ouvrait devant eux malgré les cris de menace des prêtres. Arrivé à la hutte, Tane y laissa quelques hommes pour les protéger, et s'éloigna, laissant sa fille avec Hélène. Poma était inconsolable ; elle connaissait trop bien ses compatriotes pour ne pas craindre la perte de son enfant. Mais celle-ci ne se repentait point de son action ; son seul regret était d'avoir attiré le danger sur les têtes de ses parents et de son amie bien-aimée. Elle se jeta en pleurant à leur cou, leur demandant pardon et les priant de la laisser mourir seule.

La nuit vint, les ténèbres s'étendirent sur ce toit, qui, pour la première fois, voyait ces cœurs attristés. Nul ne trouva le sommeil, car bientôt un tumulte prolongé s'éleva du côté de Papéiti, et de toutes parts brillaient, dans ce village ordinairement silencieux, des torches aux lueurs sinistres.

A la fin, la tranquillité se rétablit ; mais ce n'était qu'une feinte, le silence précurseur d'une grande tempête. Les yeux fati-

gués des habitants de la hutte allaient enfin
se fermer, lorsqu'ils furent réveillés par un
bruit lointain, semblable à une multitude
de pas. A ce moment, Tane s'élança dans
l'habitation en s'écriant :

« Levez-vous et suivez-moi; les prêtres
ont ameuté le peuple ; ils crient vengeance,
et arrivent pour s'emparer de vous. Suivez-
moi sans perdre un instant. »

Tous se levèrent et s'élancèrent à la suite
de Tane, qui les conduisit vers une étroite
baie. Une pirogue s'y trouvait, cachée dans
l'ombre d'un rocher surplombant. Il les y
fit entrer en toute hâte, et les quitta brus-
quement. Deux rameurs prirent place à côté
des fugitifs, et le canot fendit rapidement
les vagues.

Tous gardèrent le silence : un mot par-
venu à la rive aurait pu les trahir et les livrer aux mains de leurs persécuteurs. Lorsqu'ils eurent atteint la pleine mer, ils virent
que les Papéitiens entraient dans leur demeure avec des torches allumées, et ils en-
tendirent leurs affreux cris de rage en la
trouvant vide. Un moment après la flamme
s'élevait par-dessus le toit. Les poteaux et
les feuilles de palmier brûlaient, tandis que

les insulaires dansaient autour en poussant des hurlements sauvages.

Dès que le feu fut éteint, la foule se jeta vers la baie pour empêcher une évasion, mais les fugitifs avaient eu le temps de se mettre hors de leur vue. Ils naviguèrent toute la nuit, et atterrirent le matin à l'île d'Éiméo. Là, les deux rameurs leur montrèrent une vallée déserte où ils pourraient s'établir.

Revenons à Taïti.

Tane, après avoir sauvé sa fille et ses amis, revint vers le roi, qu'il trouva pensif et se promenant de long en large.

« Tu as rompu aujourd'hui avec ton peuple, lui dit le chef d'une voix sombre.

— C'est vrai, c'est vrai, répliqua le roi ; le coup a porté. Mais tu as vu toi-même que les dieux, à la puissance desquels je n'ai jamais cru, n'ont pas été capables de défendre leur honneur.

— C'était à toi de les faire respecter.

— S'ils ont besoin de ma protection, quelle est leur puissance ? Souviens-toi, Tane, combien de fois je t'ai parlé de ces dieux de bois, qui n'ont pas de vie, qui ne peuvent pas se remuer et qui pourtant sont censés manger les meilleures choses que l'île produit. Ah! ces prêtres sont des imposteurs! mais je chercherai la vérité, et je la proclamerai à leur face.

— Vérité! dit le chef, c'est la parole malencontreuse que t'a enseignée l'étranger que tu as trouvé au bord de la mer il y a un an. Cette parole te coûtera peut-être la couronne. Je voudrais que tu n'eusses jamais vu cet homme, et que tu eusses suivi l'exemple de tes pères. Entends-tu la révolte de tes sujets? Les prêtres les exciteront jusqu'à ce qu'ils soient ameutés contre ton palais même.

— Tane, interrompit le roi, serez-vous alors pour ou contre moi, toi et les tiens?

— Je t'ai dit une fois que la dernière goutte de mon sang t'appartenait, et je ne rétracte jamais ma parole; mais j'ai voulu t'avertir. Peut-être est-il temps encore de prévenir une émeute. Veux-tu que j'aille de ta part leur porter un message pacifique?

— Non, répondit le roi gravement; leur première réclamation serait la mort de cette fille héroïque et de ta propre fille. A ce prix je ne veux pas acheter un délai, car ce ne serait qu'un délai; les prêtres ne resteront plus tranquilles.»

3*

Tane sortit, et le roi resta seul avec ses réflexions.

Après que les Papéitiens eurent brûlé la
hutte de Tupia et cherché les fugitifs, leur
fureur ressembla à un volcan en éruption.
Ils s'assemblèrent sous la direction des prêtres, et avancèrent vers le palais du roi.
Mais Tane et ses fidèles les avaient prévenus
et formaient de leurs corps une triple enceinte autour de la demeure royale. A cette
vue les prêtres firent arrêter le peuple, et
celui qui avait levé la massue sur la tête du
prisonnier s'avança seul.

« Pomaré, s'écria-t-il, viens sur le seuil
de ta porte, et apaise les dieux irrités. »

Le roi sortit armé et dit :

« Que me veulent mes sujets pendant la
nuit ? Le jour n'est-il pas assez long pour
traiter les affaires du pays ?

— Le jour, répliqua le prêtre, a voilé sa
face de honte ; mais la nuit te demande
compte de l'outrage que les dieux ont reçu
à la lumière du soleil.

— Que voulez-vous ?

— Livre-nous la fille blanche et ses partisans. Que leur sang coule en expiation du
forfait. »

— Retiens ta langue indigne, exclama le roi en colère ; si on a outragé les dieux, tu n'as pas le droit de demander pour eux de réparation, car tu as levé la main contre ton roi. »

Le prêtre se tourna vers le peuple qui l'avait suivi :

« Vous voyez vous-mêmes qu'un sortilège a été jeté sur ses yeux, sortilège qui nous apportera à tous la misère et la perte. Au nom des dieux, je vous délie de votre fidélité et je délivre la terre d'un monstre qui s'est révolté contre Oro. »

A ces mots, il leva la massue pour en frapper le roi ; mais son bras retomba inerte, car le chef Tane l'avait terrassé sur place. Un tumulte incroyable suivit cette scène. Tane prit la massue, en broya la tête du prêtre, la détacha et la lança au premier qui avançait sur son chef. « Amis, s'écria-t-il, défendons notre souverain ! »

Et la lutte commença. Les massues, lancées par des mains habiles, firent de nombreuses victimes ; une pluie de pierres ébranla la demeure royale.

Les torches s'éteignirent bientôt, et ce fut dans les ténèbres que le combat continua jusqu'au matin. On vit alors le palais entouré de morts.

Pomaré avait remporté l'avantage, mais la guerre ne faisait que de commencer. Les vaincus se répandirent dans l'île, déclarèrent que le culte des dieux était en danger, et sommèrent les croyants de s'unir à eux pour renverser Pomaré et lui donner un successeur.

Beaucoup de chefs taïtiens, qui tenaient au culte de leurs idoles, ou qui avaient à venger un affront reçu de leur maître, obéirent au cri de guerre et avancèrent avec leurs guerriers sur Papéiti.

Mais le roi avait aussi ses partisans, à la tête desquels était le chef Tane. Il s'ensuivit une guerre générale qui fit couler des fleuves de sang.

Nous ne voulons point suivre cette guerre; aussi retournerons-nous à Éiméo.

La vallée où Hélène et ses amis étaient établis était située à une certaine hauteur dans les montagnes. La nature l'avait entourée d'une enceinte de rochers descendant presque verticalement, ce qui leur donnait l'aspect d'une forteresse.

Un seul chemin conduisait à ce château

fort, bâti par la nature, et il n'eût pas été difficile, en le fermant avec des murailles, de le rendre imprenable.

Les vivres ne manquaient pas, tout ce que la nature offre dans ce climat privilégié se trouvait réuni dans cet espace. Des fleurs magnifiques, les oiseaux les plus rares, embellissaient la plaine, et les plantes grimpantes, qui s'élevaient en colonnes sur les rochers à pic, en formaient des jardins suspendus on ne peut plus agréables aux regards.

Mais les fugitifs ne goûtèrent d'abord pas ces beautés. La crainte d'être découverts par leurs ennemis ne les laissait pas en repos. Cependant, les jours et les semaines se passant sans qu'ils eussent à remarquer aucun mouvement du côté de la mer, l'espérance ranima leurs cœurs. Omana seule restait triste, car elle était séparée de son père et n'avait point de ses nouvelles.

Souvent ils parlaient des derniers événements, et Poma, alors, ne pouvait s'empêcher de maudire l'étranger, dont la venue avait détruit leur bonheur.

Hélène pensait de plus en plus à cette religion au nom de laquelle elle avait défendu la vie de l'étranger, et bien des récits qu'elle avait oubliés jusque-là lui revinrent à la mémoire.

Un jour qu'ils allaient tous vers le ruisseau pour prendre des poissons et des écrevisses, elle se souvint de la pêche miraculeuse de saint Pierre. Tupia et Poma se tenaient debout près du ruisseau. Hélène et Omana étaient assises non loin d'eux.

« Ah ! Omana, dit alors Hélène à son amie, si nous avions autant de bonheur que saint Pierre, nous aurions en une seule fois plus de poissons que nous ne pourrions en manger de longtemps. »

Il faut savoir que la plus petite peine effraye les Taïtiens. Plus la nature a pris soin d'eux, moins ils semblent vouloir se prêter à la seconder. Les deux époux, entendant donc parler d'une pêche sans fatigue, levèrent la tête pour écouter.

Hélène savait bien raconter ; ils ne perdirent pas un mot de son récit, et, lorsqu'elle eut terminé, ils battirent des mains, assurant que c'était la plus belle histoire qu'ils eussent jamais entendue. Hélène ne se doutait pas de l'impression profonde qu'elle avait faite sur ses auditeurs ; moins encore se doutait-elle qu'elle fût en ce moment l'instrument dont Dieu se servait pour répandre les premiers rayons de la vraie lumière dans le cœur de ses amis. Depuis lors, il ne se passa point de jour où, sur leur demande, elle n'eût à leur apprendre un nouveau fragment de l'Évangile. Plus le fait était merveilleux, plus il frappait l'imagination de ces esprits primitifs.

Elle raconta successivement la multiplication des pains, les noces de Cana, la parabole du bon Samaritain, la résurrection de Lazare et du jeune homme de Naïm.

Hélène ne pouvait leur donner que des instructions très élémentaires sur la nature de Dieu; elles suffisaient néanmoins pour faire comprendre à ces âmes naïves que le Dieu des chrétiens est puissant et qu'il aime son peuple.

Tupia se dit pour la première fois de sa vie qu'il n'était pas seulement au monde pour lui-même, Poma et Hélène, qu'il devait faire le bien sur la terre pour être récompensé par Dieu dans une autre vie.

Poma et Omana se sentirent surtout heureuses d'apprendre qu'il n'y a pas de séparation éternelle et qu'elles retrouveraient dans un monde meilleur tous ceux qu'elles avaient aimés.

C'est ainsi qu'ils devinrent chrétiens de cœur, sans se douter à quel moment ils avaient renoncé à leurs idoles. En peu de temps Hélène eut raconté tout ce dont elle se souvenait ; mais les insulaires désiraient en savoir davantage.

Un événement heureux vint à leur secours.

Un jour, peu après le lever du soleil, Tupia entendit un bruit inaccoutumé. Curieux d'en savoir la cause, il se hasarda près de l'entrée de la vallée et aperçut, non loin de lui, un insulaire qui poursuivait un blanc. Il les perdit bientôt de vue, mais un cri perçant lui fit comprendre l'endroit où les deux hommes se trouvaient. Un silence de quelques minutes suivit le cri, puis le naturel reparut seul. Son manteau de tapa était couvert de sang, ses yeux étincelaient, il murmurait à voix basse le chant de victoire.

Tupia le laissa s'éloigner avant d'avancer, pour se rendre compte de la scène. Peu de pas le conduisirent près de l'homme blanc, qui nageait dans son sang, quoiqu'il ne fût pas mort.

L'enseignement enfantin d'Hélène allait porter ses fruits. Tupia, se souvenant de la parabole du bon Samaritain, n'hésita pas un instant à se charger du blessé et à l'emporter dans la vallée protectrice. En le voyant arriver avec sa charge ensanglantée, les femmes furent effrayées; mais Tupia les rassura et leur raconta tout ce qui venait de se passer. Alors elles s'approchèrent, et quel ne fut pas leur étonnement de reconnaître dans le blessé le jeune homme à qui Hélène avait sauvé la vie ! Toutefois il s'agissait de le secourir promptement si on ne voulait le voir expirer. Poma, qui depuis longtemps déjà avait cessé de maudire l'auteur involontaire de son exil, était celle qui pouvait le mieux lui porter secours.

Tupia alla déposer le jeune homme près du ruisseau, le mit à l'ombre d'un arbre magnifique, et dit à sa femme :

« Poma, lave et bande ses plaies comme le fit le bon Samaritain à l'étranger. Pendant ce temps j'irai fermer l'entrée de la vallée avec de grandes roches, car il est probable que ses ennemis vont de nouveau le poursuivre. S'ils le découvrent ici, nous serons tous perdus. »

Et il partît..

Les femmes, voyant la vie du malheureux en danger, oublièrent, dans leur empressement à le servir, tout autre péril..

Dans l'après-midi, elles eurent la joie de le voir revenir à la vie.. Et, Tupia, à son retour, leur dit que l'entrée de la vallée était rendue invisible.

L'inconnu était tellement affaibli par la perte de son sang, qu'il ne put dire à ses sauveurs que quelques paroles; mais Hélène, qui était plus près de lui en ce moment, comprit qu'il était un prêtre chrétien venu à Taïti pour prêcher l'Évangile. Saisi immédiatement après son débarquement, il avait dû retourner vers ses amis, qui l'attendaient au bord de la mer, et, pour les préserver du danger, les avertir de ce qui lui était arrivé. Il était allé de là à Éiméo, tandis qu'un autre prêtre était resté à Taïti.

Si la joie d'Hélène était grande de trouver un blanc qui parlait sa langue, elle le fut bien davantage lorsqu'elle sut qu'il était un serviteur du vrai Dieu.. Celui-ci allait continuer l'œuvre qu'elle avait commencée et confirmer ses amis dans le titre de chrétiens.

Le repos, l'air pur et surtout les soins

empressés dont il fut l'objet, firent que bientôt le digne prêtre entra en pleine convalescence.

La première fois qu'appuyé sur le bras de Tupia il fit une promenade à l'ombre des palmiers, il se plaignit d'avoir été frappé au moment où la semence de la parole divine qu'il avait apportée n'avait encore pu être recueillie. Tupia s'efforça de le consoler, lui promettant de rechercher son meurtrier et de le faire mourir.

« Ami, répondit le prêtre, si tu faisais une action pareille, non seulement je ne t'en saurais pas gré, mais je te regarderais aussi comme un assassin et je te quitterais.

— N'a-t-il pas voulu te prendre la vie? répliqua Tupia étonné.

— Assurément, reprit le P. Eustache, je voulais lui assurer le salut et il a voulu me tuer. Il est donc mon ennemi. Mais ma religion m'apprend à aimer mes ennemis, à faire du bien à ceux qui me persécutent.. »

Tupia, surpris, regardait le prêtre. Hélène lui avait parlé de l'amour du prochain, et il avait trouvé ce sentiment beau et grand. Toutefois l'amour des ennemis lui était chose incompréhensible et même méprisable.

« Tu ne comprends pas, reprit le père, tu comprendras plus tard, le jour où les eaux saintes du baptême te donneront une nouvelle vie. Plus encore, tu ne connaîtras dès lors de plus grand plaisir que de faire du bien à ceux qui te persécutent. »

Tupia secoua la tête et se promit en lui-même de ne recevoir jamais ces eaux qui, d'après ses idées, rendaient l'homme assez lâche pour ne pas se venger.

Mais lorsque, dans l'isolement et à l'abri de tout contact du monde, quelques personnes vivent ensemble, il est rare, sinon impossible, que celle dont l'esprit est éclairé et dont toutes les facultés s'absorbent à communiquer ses croyances aux autres, ne les amène pas à agir d'après ses idées et selon ses vues. Il n'était donc pas surprenant que Tupia se joignît aux femmes, lorsque, rangées autour du P. Eustache, elles écoutaient ses sublimes enseignements.

Hélène, bien que chrétienne, connaissait peu les préceptes de notre religion; elle les apprit plus vite et mieux que les autres. Elle les accepta avec toute la ferveur de son cœur, et attendit avec un désir ardent le jour béni où ses amis seraient baptisés.

Ce jour arriva enfin.

Le P. Eustache les conduisit un matin, au lever du soleil, à un endroit du ruisseau où les deux rives étaient couvertes de fleurs odoriférantes; temple magnifique de la nature, paré ainsi pour cette fête par la main même du Créateur.

Les yeux d'Hélène brillaient d'une sainte joie. Elle voyait ses amis partager ses croyances divines; elle-même, agenouillée au milieu des fleurs, priait pour ces trois personnes qui avaient eu le bonheur d'être appelées à la vraie foi, de renoncer à leurs idoles.

Lorsqu'ils eurent reçu le baptême, qu'Hélène eut embrassé avec des larmes de joie ses parents et son amie, le P. Eustache leur dit :

« Tupia, tu nous as séparés du monde entier par ta muraille; ta précaution était bonne, puisqu'elle m'a permis de vous enseigner le saint Évangile et de vous rendre chrétiens. Mais aujourd'hui ta muraille doit tomber, car, pour l'amour de notre Dieu et pour le bien des âmes, nous devons annoncer les saintes vérités de notre religion.

—As-tu donc oublié, Père, repartit Tupia,

que le cruel Bexore a soif de ta vie? que si nous quittons ce lieu il te trouvera et rougira de nouveau ses mains de ton sang?

— Bexore est le chef le plus puissant d'Éiméo, reprit le père, je dois lui apporter le salut. Tous ses sujets agissent d'après ses conseils, ce qu'il fait est bien fait pour eux. Comprends-tu maintenant de quelle nécessité il est pour moi de le convertir? L'île entière suivra son exemple. S'il appelle la mort sur ma tête, je mourrai en accomplissant mon devoir, et Dieu m'ouvrira l'éternité bienheureuse. »

Tupia avait bien d'autres objections à faire, mais le P. Eustache les anéantit toutes d'un mot; de sorte que la muraille, qui était déjà perdue sous les plantes grimpantes, fut enlevée le jour même.

VI

Une fois la barrière détruite, les habitants de la vallée se trouvèrent en communication avec le monde extérieur, et le P. Eustache fit tous les jours quelques excursions aux alentours.

Bientôt il prit congé des nouveaux chrétiens, en leur déclarant que son devoir l'obligeait d'aller trouver immédiatement Bexore. Tupia et sa femme le conjurèrent de ne pas exposer ainsi sa vie. Hélène et Omana le prièrent de leur permettre de l'accompagner. Il s'y refusa.

« Le temps n'est pas encore venu pour vous de rendre témoignage à la vérité, leur dit-il, l'heure en viendra; soyez alors fermes dans vos croyances. Le P. Eustache quitta donc son séjour de repos et alla droit au village d'où on l'avait chassé à peine quelques mois auparavant.

Tous les habitants étaient en ce moment au temple, priant devant une de leurs affreuses statues qui représentait leur dieu Oro.

En avant se trouvait Java, la fille de Bexore, la main dans celle du jeune chef Baptas, qu'elle devait épouser ce même jour. Bexore y était aussi, et la joie se peignait sur son visage, car cette union lui assurait la puissance sur tout Éiméo.

La cérémonie était finie, tous les assistants dansaient, avec des chants sauvages, autour de l'idole, lorsque la porte du temple s'ouvrit et que le P. Eustache se montra sur le seuil.

Il avança lentement sans paraître remarquer les danseurs, et se mit devant Bexore. Celui-ci, qui croyait le prêtre mort depuis longtemps et abandonné sous les buissons de guaves, s'effraya de cette apparition subite ; le sang, quittant sa figure cuivrée, reflua vers le cœur ; il tremblait.

Retrouvant pourtant bientôt son sang-froid, il étendit la main et s'écria d'une voix terrible :

« Le temple d'Oro est profané ! »

Les assistants, qui dans leur danse n'a-

vaient point aperçu le nouveau venu, s'arrêtèrent. Des cris furieux suivirent leur premier
étonnement; ils entourèrent le missionnaire
et n'attendaient que l'ordre de leur chef pour
le mettre en pièces.

Les yeux de celui-ci flamboyaient, sa
bouche se contractait; mais sa langue ne
trouvait point de paroles. A la fin il éclata
en un rire féroce et s'écria :

« Amis! l'union de Jana avec Baptas aura
sa victime. Cet étranger est venu à temps
pour que nous puissions l'immoler aux pieds
d'Oro. Le fleuve rouge portera bonheur à
ma fille. Commençons le sacrifice. »

A peine l'ordre était-il donné, que les
mains du prêtre courageux se trouvaient
liées. Il devait recevoir le coup mortel. Le
dos appuyé contre la statue d'Oro, la tête
haute, au milieu de la foule bruyante, il regardait en souriant ces visages défigurés par
la colère.

D'une voix douce, qui émut malgré eux les
assistants, il dit :

« Mes amis, vous allez me tuer pour assurer le bonheur de l'union de Jana et de
Baptas. En vérité, nul ici ne désire plus que
moi leur félicité, et si mon sang est néces-

4

saire pour l'assurer, je vous le donne volontiers. J'ai passé la grande mer pour vous l'apporter. Je vous aime, et si je puis vous procurer des jours heureux, mon voyage alors n'aura pas été vain. »

Tous l'avaient entouré pour entendre ses pleurs et ses prières. Au lieu de plaintes, il ne proférait que des protestations pour leur bonheur.

Le prêtre, voyant leur étonnement, continua :

« J'avais la certitude de trouver la mort dans cette île ; j'espérais du moins que cette mort serait utile, non seulement à deux personnes, mais à vous tous. Mon désir était de vous introduire dans une terre où règne une paix éternelle, où la véritable joie n'est jamais ternie par une ombre, où la corne d'abondance ne tarit jamais, où la vie est une fête sans fin. Mais vous en avez décidé autrement. Puisse pour vous ne pas venir l'heure où vous vous repentirez de votre action, où vous voudriez rappeler à la vie celui dont les vents auront dispersé la poussière ! »

Ces paroles éloquentes avaient été fidèlement écoutées et avaient fait une profonde impression sur ce peuple, ami des plaisirs.

Bexore reprit enfin la parole :

« Tu parles d'un beau pays, dit-il en levant la tête, mais il est situé de l'autre côté de la mer. Qui sait si nos pirogues y pourraient parvenir, si elles ne seraient point dispersées par les tempêtes? Si même nous pouvions y aborder heureusement, nous y trouverions un autre chef, et Bexore, qui seul est le maître de l'île, devrait devenir son sujet. Non, il m'est préférable de rester. Ton sang, que tu dis vouloir verser pour ma fille, coulera en l'honneur de la fête de ce jour. »

Le prêtre d'Oro, qui jusqu'alors s'était tu par respect pour le chef, s'écria :

« Qu'il meure !

— Qu'il meure! qu'il meure! » répétèrent ces mêmes spectateurs qui, un moment auparavant, avaient désiré entrer dans le pays bienheureux que leur annonçait l'étranger.

Mais la jeune fiancée, émue de ce que le prêtre avait dit, se fit jour à travers la foule, enleva sa couronne de fleurs, et, la posant sur la tête du missionnaire, s'écria :

« Non, qu'il vive ! vous ne pouvez refuser la première prière de la femme. »

Bexore était sur le point de donner au prêtre d'Oro le signal d'immoler l'inconnu, lorsqu'il en fut empêché par sa fille.

Il poussa un horrible blasphème et se préparait à marcher lui-même contre sa victime, lorsqu'il s'arrêta, retenu par la pensée de rendre sa fille malheureuse pour le reste de ses jours, s'il lui refusait cette prière regardée comme sacrée dans l'île.

Il s'arrêta donc et dit d'une voix sombre :

« Ta volonté sera faite, Jana, mais l'étranger aurait été plus heureux de recevoir la mort. Allez, mes serviteurs, allez, et menez-le au rocher à pic qui surplombe la mer. »

Les insulaires quittèrent le temple avec leur prisonnier, et se dirigèrent vers le lieu désigné en suivant un profond ravin. Ce ravin devenait tout à coup si étroit, qu'un seul homme y pouvait passer. L'un des prêtres saisit alors la corde qui liait les mains du P. Eustache, et commença à gravir le rocher. Le malheureux captif, moins agile et embarrassé par ses entraves, ne pouvait le suivre. L'insulaire lui en fit des reproches et le frappa à coups redoublés avec un bâton.

Ils arrivèrent ainsi sur le roc, au bout

duquel le prêtre attacha sa victime et la quitta en ricanant.

Resté seul, le malheureux essaya du moins de s'appuyer en arrière; mais la corde se trouvait trop courte. Il n'eut bientôt plus d'autre perspective que de perdre l'équilibre et de se voir suspendu au-dessus de la mer. Le prêtre d'Oro lui avait annoncé qu'il ne recevrait point de nourriture. Il y avait bien autour de lui des fruits en quantité; mais ils ne semblaient être placés là que pour lui rendre plus insupportable encore le tourment de la faim.

Le courage, cependant, ne l'abandonna pas.

« O mon Dieu! dit-il les yeux levés vers le ciel, vous qui avez fait nourrir Élie par un corbeau, vous ne me laisserez pas sans secours, si votre sainte volonté est que je montre vos voies à ce peuple; mais combien grand serait mon bonheur si vous me jugiez digne de mourir pour vous! »

Il continua en lui-même et du profond de son cœur cette prière, par laquelle il faisait à Dieu le sacrifice de son existence.

Cependant ses pieds s'étaient déjà engourdis et ne lui permettaient presque plus de se

tenir debout. L'abîme ouvert sous ses yeux,
et où les vagues allaient se briser avec fureur,
lui donnait le vertige.

De longs moments se passèrent ainsi. Tout
à coup il vit arriver pirogue sur pirogue. Les
insulaires étaient venus pour se moquer de
la victime et pour se réjouir de ses souffrances.

Dans la première était le chef Bexore. Au
milieu, et ornée de feuillage et de fleurs,
était celle qui portait les deux nouveaux
époux, Jana et Baptas. Néanmoins la jeune
épouse était triste et cachait sa tête dans ses
mains, tandis que son mari était un des plus
ardents persécuteurs du martyr.

Tous les regards étaient fixés sur le malheureux prêtre du Christ; de toutes les pirogues partirent des cris sauvages, et quelques
hommes même lancèrent des traits sur lui.

Une flèche atteignit le P. Eustache, dont
le sang coula sur le roc pour tomber ensuite
goutte à goutte sur la voie. Des exclamations
de joie saluèrent ce surcroît de douleur.

A la vue des pirogues, le découragement
avait pris le saint prêtre; la blessure ranima
son énergie. Il releva la tête, regarda ses
persécuteurs en face, et, d'une voix surhu-

maine, il commença à prêcher l'Évangile.
Tout le peuple s'était tu pour l'écouter, oubliant d'insulter à tant d'intrépidité et de
grandeur d'âme.

Ses paroles firent surtout une impression
profonde sur Jana. La pitié et l'admiration
se peignirent sur son visage, et, par un mouvement instinctif, elle se leva et étendit les
bras vers le prêtre martyr. Ce geste échappa
à ses compagnons, tant leur attention était
absorbée par le P. Eustache. Le courage de
cet homme oubliant la souffrance, et poursui-
vant sa mission au mépris du danger et de
la vie, dépassait leur compréhension.

Mais Bexore avait observé sa fille. Voyant
son émotion et craignant un éclat, il donna
l'ordre du retour, après avoir défendu à tous,
sous peine de mort, d'aller avant le laps de
trois semaines naviguer aux environs du
rocher.

Le dernier canot avait quitté la mer et le
P. Eustache se retrouvait seul. Fatigué et
affaibli par la perte de son sang, il se laissa
glisser et appuya sa tête contre la terre.

Dans la nuit, un orage épouvantable sou-
leva la mer, et le malheureux, gisant ballotté
par les vagues qui s'élevaient jusqu'à lui,

crut que sa dernière heure avait sonné. En cet état, il remit son âme entre les mains de son Dieu, le remerciant encore de mourir seul et sans consolation, à l'exemple de son maître. La pluie, le vent et les flots semblaient se faire un jouet de son corps, le meurtrissaient et trempaient d'eau ses vêtements. Le père s'évanouit sous ce linceul humide qui semblait devoir être à jamais son tombeau.

Le lendemain, le soleil se levait radieux. La nature entière se réveillait à la vie, et le P. Eustache recouvrait aussi ses sens. En reconnaissant le lieu où il était et en se rappelant ses souvenirs de la veille, il s'étonna d'être encore des vivants, et crut que la Providence voulait se servir de lui pour le bonheur de ce peuple idolâtre, puisqu'elle l'avait sauvé d'un tel péril. Dans cette foi, et rempli de ce courage surhumain qui enfante les miracles, il attendit ainsi le secours qui devait le délivrer. Deux jours et deux nuits se passèrent cependant pour lui dans les tortures de toutes sortes.

Mais Dieu, qui l'avait prédestiné, le fortifia de sa grâce.

VII

Les nouveaux chrétiens, après le départ du P. Eustache, attendirent impatiemment de ses nouvelles. Un jour, deux jours s'étaient écoulés sans qu'ils l'eussent revu; l'inquiétude les saisit. Hélène et Omana voulaient quitter la vallée pour aller à sa recherche. Mais Tupia et Poma s'opposèrent d'autant plus à ce projet, qu'étant dans l'incertitude de ce qui se passait à Taïti, ils redoutaient un malheur. Toutefois, comme les jeunes filles insistèrent, il fut convenu que Tupia irait aux informations et que les femmes ne quitteraient leur refuge qu'en cas d'une trop longue absence.

Tupia partit donc; mais il avait à prendre bien des précautions pour ne pas se trahir. Il arriva ainsi au village où le père s'était rendu. Il n'eut pas besoin de questionner, car tout le monde maudissait l'audacieux

étranger; quelques vieillards et quelques
jeunes femmes seulement en parlaient avec
une certaine pitié, disant qu'il avait dû
trouver la mort au lieu terrible où on l'avait
conduit.

Tupia se dirigea alors de ce côté sans avoir
le courage d'aller sur le lieu même. Il lui
semblait que son cœur se briserait s'il apercevait son bienfaiteur étendu à la place où le
prêtre d'Oro l'avait attaché; il n'eut pas
même la force de l'appeler.

Il revint donc en toute hâte à la vallée;
Hélène, que l'inquiétude dévorait, vint à sa
rencontre. A peine eut-elle appris le triste
sort du P. Eustache, qu'elle déclara vouloir
le sauver ou mourir avec lui.

Toutes les observations qu'on lui fit furent
vaines, elle répétait :

« Mon devoir est de le sauver ou de mourir
avec lui. »

Elle courut aussitôt vers le village. Les
autres la suivaient en pleurant si fort que
Tupia devait les prier de se modérer pour ne
pas attirer sur eux l'attention des insulaires.

Les fêtes du mariage de Jana n'étaient pas
encore terminées. Assemblés sous un gigantesque palmier, les habitants de l'île buvaient

dans des tasses de coco une boisson eni-
vrante. La jeune femme, assise au milieu
d'eux sur l'herbe, semblait ne point prendre
part à leurs conversations bruyantes. Le chef
Bexore ne partageait pas non plus l'animation
générale; son regard sombre se tournait de
temps en temps dans la direction du rocher.
Hélène se présenta tout d'un coup devant
eux. Elle examina chaque figure, jusqu'à ce
que son regard s'arrêtât sur celle du chef
farouche.

L'arrivée inattendue de la jeune blanche
surprit tous les assistants; celle-ci ne leur
laissa pas le temps de revenir de leur étonnement.

« Bexore, dit-elle d'une voix ferme, tu as
fait un sacrifice à ton Dieu Oro. Comment se
fait-il que je voie pourtant l'inquiétude sur
ton visage et que la joie en soit bannie? Je
vais te le dire. C'est parce que tu as condamné
un homme sans défense, un homme qui était
venu apporter le salut à tes sujets et à toi-
même.

« Retire ton jugement inique avant que le
malheur tombe sur ta tête, car sache qu'au-
dessus d'Oro il y a un autre Dieu qui a le
pouvoir de punir même les chefs. Sa puis-

sance s'étend sur Éiméo, sur Taïti et sur la terre entière. Il t'anéantira si tu ne délivres son prêtre. »

Bexore mesurait des yeux la courageuse jeune fille; il répondit :

« Il me semble que je suis chef sur cette île, et que je n'ai à recevoir d'ordre de personne, moins encore d'une étrangère: Rien ne m'empêche de te tuer; mais, puisque tu es une femme et que tu as le courage de parler à Bexore comme nul n'a osé le faire jusqu'ici, je te permets de vivre. Seule tu ne trembles point devant moi, c'est pourquoi je t'accorde ce privilège. Quant à celui pour lequel tu m'implores, je ne le délivrerai pas. »

Un murmure approbateur suivit ces paroles. Jana se leva et tendit en souriant la main à Hélène.

Le prêtre d'Oro se leva de même, et dit :

« Chef, ta nature est changée, tu protèges cette jeune fille, qui a parlé contre le dieu. Elle mérite la mort.

— Elle vivra, répliqua Bexore avec hauteur.

— Ce n'est pas ma vie, c'est celle du prêtre blanc que je demande, » s'écria Hélène.

Cette insistance impatienta Bexore.

« Si tu aimes tant cet homme, dit-il en la narguant, va toi-même le chercher; mais que ton pied soit sûr, si tu ne veux périr avec lui. Une fois déjà je t'ai fait grâce, cette grâce je la renouvelle en te prévenant du danger. Vas-y maintenant si tu l'oses encore, va le sauver si tu peux. »

Hélène disparut immédiatement.

Le prêtre d'Oro se disposait à continuer ses reproches.

« Tais-toi, lui dit Bexore, ne vois-tu pas que c'est sa perte? » Et se tournant vers ses sujets : « Allons voir comment elle périra. »

Hélène, pendant ce temps, courait vers l'endroit où le P. Eustache souffrait. Elle gravissait le roc avec une souplesse incroyable et arrivait juste au moment où les Indiens tournaient le promontoire. En apercevant le corps inanimé du prêtre, elle poussa un cri déchirant; mais bientôt elle se prit à douter de sa mort et avança jusqu'auprès de lui. Alors elle vit ses mains liées, dans lesquelles les liens avaient creusé de profonds sillons.

« Père! père! s'écria-t-elle, me voici pour vous sauver, réveillez-vous! »

Le P. Eustache leva ses paupières alourdies.

« C'est toi, ma fille? murmura-t-il; que Dieu te récompense pour cette œuvre de charité; mais retourne dans la vallée. La vie me quitte; encore quelques heures, et je verrai Celui pour qui j'ai voulu travailler.

— Vous travaillerez encore à sa gloire, mon père, vous prêcherez plus que jamais l'Évangile aux habitants d'Éiméo et de Taïti. Restez tranquille jusqu'à ce que j'aie délié vos mains. »

Ce n'était pas une petite tâche. L'enflure, en recouvrant les cordes, rendait l'opération aussi difficile que douloureuse. Hélène réussit; cependant son résultat semblait être nul, car les mains du P. Eustache pendaient inertes et sans vie. Il ne put même relever la tête. Hélène était désespérée; son œil mesurait la distance de la mer pour voir si elle pourrait le sauver à la nage, mais la pensée lui vint que les Indiens l'empêcheraient de gagner la terre.

Dans cette perplexité, elle s'agenouilla, leva les mains vers le ciel et pria à haute voix.

« O mon Dieu, donnez-moi votre force,

que mon pied ne trébuche point. » Sa prière
fut exaucée.

Saisissant le prêtre par le milieu du corps,
elle le mit sur ses épaules. Ainsi chargée,
elle voulut faire le premier pas dans ce sentier dangereux, mais elle chancela tellement
que sa mort semblait imminente.

Tout à coup elle vit Omana venant à son
aide. La peur l'avait d'abord retenue ; néanmoins, enflammée par l'exemple de son amie,
elle arrivait pour unir ses forces aux siennes.

Les insulaires regardaient avec admiration
ces jeunes filles qui tentaient une chose si
périlleuse qu'elle paraissait impossible à des
hommes forts et courageux. Lorsque, plaçant
le prêtre au milieu d'elles, elles marchèrent
sur le rocher comme portées par une main
surnaturelle, alors Jana poussa un cri d'enthousiasme et de joie, dans lequel se joi-
gnirent comme malgré eux tous les assistants.

Tupia et Poma, qui commençaient à avoir
honte de leur faiblesse, arrivèrent à la rencontre des jeunes filles. Celles-ci firent asseoir
le prêtre à l'ombre des arbres pour le mieux
secourir. Cependant les insulaires s'appro-
chaient aussi, et Bexore, furieux de voir des

hommes de sa couleur prendre part au salut de celui qu'il avait condamné, leur demanda :

« Qui vous a rendu si hardis en faveur de cet étranger?

— Chef, répondit Tupia, qui semblait changé depuis qu'il avait approché le père, chef, cet homme est un serviteur de Dieu; j'ai accepté sa loi, et je veux suivre ses conseils, qui nous ordonnent de faire du bien non seulement à l'ami, mais même à l'ennemi. Quel mal fais-je en le délivrant?

— Cet homme est un ennemi d'Oro. Te crois-tu encore le même droit?

— Le même, répliqua Tupia hardiment, car Oro n'est qu'un nom sous lequel il n'y a ni puissance ni vie. Cet étranger m'a appris à connaître le véritable Dieu, qui a créé l'arbre à pain, qui donne des poissons à nos rivières, des arbres à nos forêts, la joie à notre cœur et l'entendement à notre esprit. »

Bexore ne lui répondit pas; mais, se tournant vers Poma et Omana :

« Et vous, avez-vous aussi écouté l'enseignement de cet homme?

— Nous sommes chrétiennes, répondit Omana, et prêtes à souffrir la mort pour Jésus-Christ.

— Eh bien! exclama le chef, vous la
subirez. Le supplice du feu vous attend. »

Les insulaires applaudirent à ces paroles
de leur chef et se dispersèrent en toute hâte
pour préparer le bûcher.

Pendant cette scène, Jana s'était approchée
du père, et, se souvenant du temps qu'il
avait passé sans prendre de nourriture, elle
alla chercher une tasse de lait de coco et en
humecta ses lèvres brûlantes.

Le regard expressif du martyr se tourna
avec reconnaissance vers la jeune femme;
dans ce regard elle puisa la force de désobéir
à son père et à son mari, et continua sa
pieuse action même sous les yeux furieux de
Baptas.

Hélène tenait la tête du père sur ses genoux; Omana et les deux époux s'étaient
agenouillés à côté de lui.

« Réjouissez-vous, mes enfants, leur dit-
il d'une voix faible, réjouissez-vous, puisque
Dieu vous a trouvés dignes de paraître devant
son trône éternel, de vous mettre au nombre
des martyrs, qui portent les palmes devant
l'Agneau. Nous allons changer une misé-
rable vie en des joies éternelles. Que Dieu
soit béni. »

Mais Jana inclina sa tête vers le prêtre et dit :

« Non, tu ne dois pas mourir; je veux connaître d'abord ce Dieu que tu apprends à aimer et qui donne aux hommes la force de mourir avec joie. »

Le cœur du P. Eustache fut inondé de bonheur en entendant ces paroles; à cette heure il pouvait accepter la mort sans regret, car il avait la certitude que le christianisme prendrait bientôt racine dans l'île.

« Ma fille, dit-il avec douceur, la mort est suspendue sur ma tête; ton désir sera pourtant exaucé. Oui, je vois venir le jour où tu seras aussi dans la main de Dieu un instrument de salut pour ce peuple. » Hélène tomba à genoux et baisa la main de Jana en la nommant sa sœur.

Des cris sauvages annoncèrent en ce moment que le bûcher était dressé. Deux insulaires s'approchèrent du P. Eustache et le jetèrent dessus.

Les quatre chrétiens furent saisis et attachés ensemble contre un poteau. Tupia et Poma tremblaient autant pour leur enfant chérie que pour eux. Omana était tranquille et priait intérieurement. Hélène glorifiait

Dieu à haute voix de leur avoir donné ce bonheur, et exhortait ses parents à accepter cette douleur qui devait leur mériter la couronne des martyrs. Elle entonna ensuite un cantique d'action de grâces.

Les insulaires avaient formé un cercle, et, se tenant par la main, dansaient en silence autour de leurs victimes, tandis que le prêtre d'Oro priait à haute voix son dieu d'accepter ce sacrifice en expiation des offenses qu'il avait reçues.

Il allait approcher la torche du bûcher, lorsque Jana se fit jour à travers les danseurs et alla se placer à côté des martyrs.

Le prêtre retira son bras; la foule attendit avec anxiété ce que le chef dirait à sa fille, qui, pour la seconde fois, se mettait entre l'étranger et lui.

Bexore l'arracha du bûcher et la jeta dans les bras de son époux en s'écriant :

« Malheur à ces téméraires qui ont tourné le cœur de mon enfant. Retiens-la, Baptas, car je veux moi-même allumer le bûcher. »

Mais Jana se dégagea des mains de son époux, et, montant à côté des victimes, elle dit :

« Qui de vous osera encore y mettre le

feu? Qui oserait commettre un meurtre sur la fille de son chef? Toutefois, si vous voulez les faire mourir, je mourrai avec eux.

— Jana, descends, exclama Bexore en fureur, j'entends que ce sacrifice se fasse.

— Je ne t'obéirai que quand tu m'auras juré de laisser partir en paix ces innocents. »

Bexore écumait de rage ; le prêtre d'Oro appelait en criant la colère de son Dieu sur la tête de Jana ; Baptas s'élança pour emporter sa femme, mais Bexore le retint, et, oubliant l'amour paternel, il jeta la torche contre le bûcher.

VIII

Nul n'avait remarqué que, pendant ce tumulte, une longue suite de pirogues s'é-taient approchées de l'île. Ceux qui les conduisaient débarquèrent et se dirigèrent vers l'endroit où les insulaires étaient assemblés. A la tête se trouvait le chef Tane, suivi d'une escorte armée, au milieu de laquelle le roi Pomaré était porté sur un palanquin.

La torche jetée par Bexore avait promptement mis le feu au bûcher. Une épaisse fumée cachait les six martyrs aux yeux de tous, lorsque Omana s'écria :

« Dieu est grand, nous sommes sauvés, je vois mon père. Père, père, arrive, Omana doit mourir si tu ne la délivres. »

En entendant la voix de sa fille, Tane se précipita sur le bûcher; avec sa hache de guerre il coupa les liens des victimes et

emporta lui-même le P. Eustache. A peine
les chrétiens l'avaient-ils quitté, que le bûcher entier était en feu. Pomaré regardait
avec étonnement cette scène; se tournant
vers Bexore, il lui demanda :

« Que se passe-t-il?

— Grand chef, répondit celui-ci, cet
étranger est entré dans l'île pour se moquer
de la puissance d'Oro et pour mettre à sa
place un Dieu que nos pères n'ont point
connu. Ses paroles mensongères ont déjà
séduit quelques-uns de tes sujets. C'est donc
justice qu'ils meurent. »

Pomaré regarda le père et le reconnut.

« En vérité, s'écria-t-il, Oro doit avoir
peur de cet homme, car il a déjà causé la
mort d'un grand nombre de ses adorateurs
à Taïti.

— Tu approuves alors mon jugement?

— Ton jugement est rendu comme si ces
hommes avaient commis un crime. Il me
faut d'abord savoir lequel.

— N'est-ce pas un crime que d'insulter
Oro?

— Je veux qu'ils vivent, reprit le roi avec
hauteur. Moi aussi je suis en guerre avec
Oro; une partie de mes sujets de Taïti s'est

révoltée contre moi, parce que je ne veux
plus lui faire de sacrifices. En ce moment
mes armées ont succombé; je suis venu ici
afin de donner du repos à mes braves soldats, pour reprendre bientôt l'offensive, aidé
par toi et les tiens, car je suis toujours ton
roi. La première chose que je t'ordonne, c'est
de laisser aller en paix ces gens que tu persé-
cutes. Hélène et Omana étaient déjà de mes
amies à Taïti.

— Mais ce sont des chrétiens, insista
Bexore.

— Si le Dieu des chrétiens leur donne une
si grande fermeté dans la mort, ce doit être
un grand Dieu, et nous ne devons pas laisser
passer cette occasion de nous faire instruire
de sa doctrine. »

La déclaration du roi fut écoutée avec
mécontentement; mais le respect qu'on avait
pour lui était plus grand à Éiméo qu'à Taïti,
nul n'osa protester contre son jugement.

Plusieurs mois se passèrent.

Les soins assidus d'Hélène et de ses amis
avaient promptement rendu les forces au
P. Eustache. Il avait recommencé à prêcher
l'Évangile et un grand nombre d'insulaires
allaient l'écouter. Parmi ses auditeurs les

plus attentifs étaient le roi et Jana. Avant que plusieurs semaines se fussent écoulées, Pomaré avait déclaré que le christianisme était bon et qu'il recommandait à ses sujets de se faire baptiser.

Ce conseil eût peut-être été suivi par tous les habitants de l'île, si Bexore et les prêtres n'eussent conseillé le contraire. Ils prirent avec ardeur la défense de leurs divinités et excitèrent d'autant plus les petits chefs à les seconder, que le christianisme faisait déjà de rapides progrès parmi le peuple.

Un jour, Hélène se rendit auprès du roi pour l'exhorter à prendre une décision suprême.

« Tu es la tête, lui dit-elle, les membres suivront ton exemple, si tu te fais toi-même chrétien. Montre à tes sujets combien tu méprises Oro, et à leur tour ils le mépriseront.

— En vérité, lui répondit le roi, tes paroles sont justes. Tu seras contente de moi. Va, et fais venir tous les chefs d'Éiméo pour la fête des tortues. »

C'était une ancienne coutume et même une fête religieuse à Taïti et à Éiméo, qu'on fît en un certain jour de l'année une pêche générale de tortues.

Elles devaient toutes être tuées au temple et préparées dans une cérémonie religieuse. Les prêtres en coupaient les meilleures parties pour les déposer devant la statue d'Oro, et les naturels en recevaient le reste.

Ceux-ci croyaient que la statue mangeait ces offrandes; mais, en réalité, les prêtres, une fois la nuit venue, en faisaient un festin.

Les chefs arrivèrent dans leurs plus beaux ornements, faisant retentir le temple du bruit de leurs armes. Mais, lorsque les prêtres s'apprêtèrent à couper les morceaux destinés aux dieux, Pomaré s'y opposa et donna l'ordre de porter toutes les tortues dans son palais.

Les prêtres obéirent en murmurant. Dès que le roi se fut éloigné, ils prédirent qu'Oro engloutirait l'île en punition de l'outrage qu'il venait de recevoir.

Pendant ce temps, le roi se mettait à table et invitait tous les chefs à l'imiter. Ceux-ci refusèrent; le roi mangea devant eux, leur assurant qu'Oro était impuissant à lui faire du mal. A ces mots, les chefs se levèrent épouvantés et quittèrent le palais, implorant leur dieu de ne pas les confondre avec ce roi impie.

Tout le peuple encore idolâtre était assemblé lorsque les chefs lui apprirent ce qui se passait chez le roi. Chacun rentra dans le temple pour s'y mettre à l'abri de la vengeance terrible d'Oro. Pomaré avait aussi invité le P. Eustache et les autres chrétiens. Tane voulut empêcher sa fille chérie de provoquer le courroux du dieu, mais elle répondit avec calme :

« Le Dieu des chrétiens ne défend pas de manger de ce mets. Pourquoi ne le ferais-je pas? Oro n'est qu'un vain simulacre. Puissent bientôt tous ceux qui l'invoquent reconnaître leur erreur. »

Le chef se détourna en frémissant; mais Jana, qui avait entendu ces paroles, déclara qu'avec la permission du roi elle goûterait aux tortues.

Tane et Bexore tombèrent à genoux, suppliant leur divinité de ne pas les punir du crime de leurs filles. Le repas fini, le roi se rendit au temple, et, devant tout son peuple, il s'écria :

« Oro, je t'ai bravé! Si tu as vraiment le pouvoir que tes prêtres nous veulent faire croire, je te somme d'en user. Si ta main peut s'élever jusqu'à la nue, prends la foudre et détruis-moi. »

Un silence de mort suivit cette provocation impie. Tous les assistants étaient persuadés que le feu du ciel allait frapper devant leurs yeux ce roi téméraire.

Mais Oro resta silencieux, le soleil ne cessa de briller, les oiseaux continuèrent leurs chants sur les branches des arbres sacrés, et le peuple se prit à douter de la puissance de ce dieu, qui ne pouvait se venger.

Après quelques minutes d'attente, Pomaré reprit la parole :

« Oro ! puisque tu laisses impuni l'outrage que je t'ai infligé, je nie ton existence et je me sépare solennellement de toi et de tes prêtres menteurs. »

Quelques semaines se passèrent sans amener de changement dans l'île. Peu à peu le culte d'Oro perdit de son prestige ; de tous côtés on accourut entendre la prédication du P. Eustache. Le principal prêtre d'Oro vit ce changement avec rage ; retirant toute son influence de la croyance en sa divinité, il prévoyait le moment où il se verrait méprisé.

La vieille doctrine disparaît, se dit-il en

son cœur astucieux, il faudra donc se tourner vers la nouvelle. Les dons offerts au prêtre des chrétiens valent bien ceux du prêtre d'Oro.

Il alla donc trouver en secret le P. Eustache et le pria de l'initier aux dogmes du christianisme. Le père, ne soupçonnant pas le calcul cupide de l'insulaire, remercia Dieu de lui avoir envoyé un néophyte dont l'exemple devait porter de si grands fruits. Il se mit donc avec un zèle incroyable à enseigner et à expliquer l'Évangile au grand prêtre.

Celui-ci était venu guidé par l'égoïsme et l'avarice; mais le Dieu d'amour, qui sait retirer le bien du mal, toucha son cœur, éclaira son âme de la vérité éternelle, et, avant un mois, le nouveau converti réclamait du P. Eustache de vouloir bien lui donner le baptême. Celui-ci hésitait encore.

« Tu as raison, lui dit le grand prêtre; avant de devenir chrétien, je dois renoncer publiquement à mon ancienne croyance et avouer à tout le peuple réuni que je l'ai trompé sciemment en lui enseignant le culte d'Oro.

— Que veux-tu donc faire? lui demanda le père.

— Je brûlerai Oro et son temple.

— Prends garde, si tu brûles ce qu'ils ont adoré jusqu'ici, tu pourrais succomber sous leur colère.

— C'est possible, mais cette considération ne m'empêchera pas de rendre témoignage à la vérité. Ne m'as-tu pas dit, et n'as-tu pas montré par ton exemple, qu'il faut savoir souffrir pour l'amour du Christ?

— Va donc, et fais ce que ton cœur te dictera, la main de Dieu est toujours avec ses serviteurs. »

Le grand prêtre, dont la conversion était encore un secret, fit appeler en foule le peuple au temple.

Le roi, instruit par le père de la scène qui devait s'y passer, s'y trouvait sur un trône, entouré de ses chefs, ayant à ses côtés le P. Eustache et les chrétiens. Leur vue excita le murmure des idolâtres. Les statues d'Oro et des dieux secondaires, peintes de couleurs voyantes et ornées de plumes rouges, étaient plus affreuses encore que de coutume.

Au milieu, entre deux torches allumées, se trouvait un bûcher comme c'était l'habitude à chaque sacrifice.

Lorsque tout le monde fut assemblé, le grand prêtre s'avança, et dit :

« Hommes et femmes d'Éiméo, je vous ai fait venir pour un sacrifice qui surpasse tous ceux qui ont été offerts en ce lieu. Vous savez tous que j'étais un prêtre zélé d'Oro, plus d'une fois je vous ai dit que je donnerais ma vie pour son service. Mais aujourd'hui je viens vous déclarer qu'Oro n'est qu'une invention des hommes et que vous avez honoré un morceau de bois. Je vous ai enseigné sciemment une erreur; c'était un grand crime. A cette heure, je vais réparer ma faute en brûlant devant vos yeux Oro et son temple. »

A ces mots, les chefs et le peuple saisirent leurs massues pour les jeter à la tête de l'audacieux; mais le roi Pomaré commanda le silence, et le prêtre continua :

« Mes amis, mes paroles vous paraissent impies, elles ne le sont point. Devant ces dieux que nous avons honorés si longtemps, je vous déclare qu'il n'y a qu'un Dieu et que ce Dieu est celui des chrétiens. Lui seul est grand, lui seul est puissant, lui seul est bon. Le jour viendra où vous le connaîtrez tous, où vous l'adorerez comme je l'adore, où vous brûlerez les idoles d'Oro comme je vais le brûler en ce moment. »

Puis, se tournant vers Hélène, qui écoutait avec ravissement :

« Jeune fille, dit-il, toi qui la première as nommé le vrai Dieu dans notre île, à toi de jeter la statue dans ce feu que j'allume. »

Saisissant les torches, il les lança sur le bûcher; les flammes s'élevèrent à l'instant. Hélène précipita l'idole dans le brasier; toutes les autres eurent le même sort.

« Avancez, dit alors le grand prêtre aux assistants, et voyez qu'il ne reste rien de vos dieux. Ils n'ont pas eu la puissance de se préserver eux-mêmes. »

Puis, prenant des tisons enflammés, il mit le feu aux quatre coins du temple. La flamme lécha les poteaux et s'éleva vite au-dessus du toit; une heure après il n'en restait qu'un tas de cendres.

Les insulaires avaient d'abord regardé avec épouvante ce sacrilège; mais, reconnaissant la fausseté de leurs idoles à leur impuissance même, ils retournèrent chez eux en silence.

Ce grand événement opéra bien des conversions, et le P. Eustache ne différa plus le baptême du grand prêtre.

Le roi et Jana le reçurent le même jour, et peu de temps après l'île entière se trouva chrétienne.

IX

La conversion de l'île d'Éiméo se fit plus vite que le P. Eustache ne l'avait espéré. Il passait toutes ses journées à enseigner l'Évangile, et Hélène le secondait merveilleusement. Celle-ci n'avait plus d'autre désir que d'amener autant d'âmes que possible à la connaissance de notre divine religion.

Pati, l'ex-grand prêtre d'Oro, attendait avec impatience le jour où lui-même pourrait être consacré prêtre chrétien. Mais les motifs qui l'avaient guidé, lorsqu'il était venu réclamer l'enseignement du P. Eustache, étant pour lui une cause de remords, il voulut de lui-même remettre ce jour béni, afin de faire pénitence.

L'Esprit-Saint avait fait de lui un autre homme.

Tane, Bexore et Baptas avaient reçu le

5*

baptême à la même place que les premiers chrétiens, et les deux derniers, comme saint Paul, étaient de persécuteurs devenus d'ardents chrétiens. L'île entière désirait garder lè P. Eustache; mais celùi-ci voulut recommencer à prêcher l'Evangile dans les îles de Raïatéa et Tahaa, et continuer jusqu'à sa mort son œuvre. Toutefois, pour ne pas les laisser sans ministre de leur foi, il attendit le moment où il pourrait conférer la prêtrise à Pati.

Une secrète inquiétude rongeait Hélène. On la voyait souvent sur la montagne, regardant au lointain l'île de Taïti.

« Il n'y a plus rien à faire à Éiméo, disait-elle à ses amis qui l'interrogeaient, il faut aller à Taïti, où la semence de la parole de Dieu n'est pas encore portée. Si le christianisme prend racine dans cette île, toutes les autres suivront son exemple et deviendront chrétiennes. »

Mais le roi, dont la nature était indolente, semblait se plaire fort à Éiméo, et il ne parlait plus de reprendre son empire à Taïti.

Voyant cela, Hélène perdit patience et se proposa d'aller elle-même pour se rendre compte du bien qu'on y pourrait faire. Un soir donc elle partit dans une pirogue, accompagnée d'un seul naturel, dont elle avait gagné la confiance. Le léger esquif fendit les vagues avec rapidité et arriva vers le matin à Taïti. Hélène indiqua à l'insulaire la cachette d'où Tane les avait fait partir, lors de leur fuite, et lui enjoignit de l'y attendre.

Elle comptait se rendre à Papéiti, dont elle voyait déjà les premières huttes, lorsqu'elle se souvint que la couleur de sa peau la trahirait immédiatement même à ceux qui ne l'avaient point connue. Cela ne l'arrêta qu'un instant.

Elle entra dans un champ d'ananas et gagna de là une forêt, où elle trouva des baies dont le suc brun donnait à la peau la couleur des naturels.

Pendant ses promenades à Taïti avec Omana, elle s'était souvent amusée à se teindre ainsi pour ressembler à son amie. Elle opéra vite la transformation et avança hardiment.

Elle se donna pour une jeune fille venant de l'intérieur de l'île, et put ainsi s'informer de l'état des esprits sans éveiller la curiosité. Elle apprit que le roi Pomaré avait bien plus de partisans qu'il ne le croyait, et que tous les jours ils en venaient aux mains avec les révoltés.

Ceux-ci avaient à leur tête un ennemi personnel du roi, Upufara, lequel s'était installé dans le palais, et, de concert avec les prêtres et les autres chefs en rébellion, y tenait ses délibérations.

Si Hélène avait voulu agir seulement en faveur du roi, elle se serait retirée après ces nouvelles pour lui en faire part. Mais c'était pour Dieu qu'elle s'exposait, et elle ne voulut point quitter l'île sans savoir ce qu'était devenu ce prêtre qui était resté à Taïti et dont le roi n'avait point entendu parler avant son départ.

Elle ne savait comment parvenir à son but. Elle demanda à Dieu de l'inspirer, et sa prière était à peine terminée qu'elle entendit un guerrier raconter qu'on avait pris un blanc. Hélène s'approcha de lui et le questionna. Celui-ci lui apprit qu'Upufara et les chefs se trouvaient en ce moment au temple pour obliger l'étranger blanc à sacrifier à Oro.

Elle réfléchit à ce qu'elle devait faire. Elle savait que, si ce blanc était le prêtre qu'elle cherchait, il ne sacrifierait point aux faux dieux. Dans ce cas on l'emmènerait certainement dans la salle où Pomaré tenait conseil, et qu'Upufara devait avoir réservée pour le même usage. Elle connaissait, par les explications d'Omana, l'intérieur du palais, et se décida à assister à ce conseil.

Elle entra donc dans la demeure royale, comptant sur la divine Providence pour l'aider dans son entreprise. Elle arriva en effet, sans être aperçue, jusque dans la salle du conseil, et regarda où elle pourrait se cacher. Mais il n'y avait que les sièges des chefs et une grande statue d'Oro, derrière la place du roi. Pendant qu'elle restait indécise s'il fallait ou non retourner, elle entendit un grand bruit de voix, parmi lesquelles elle reconnut celle du grand prêtre. Il était trop tard pour se retirer; elle s'approcha de la statue pour se blottir derrière elle, lorsqu'elle découvrit une porte si habilement pratiquée que, si elle n'eût été entr'ouverte, il eût été impossible de l'apercevoir. Pénétrer dans l'intérieur et s'y établir, fut pour Hélène l'affaire d'une seconde. Il était temps, car la porte de la salle s'ouvrit aussitôt et Upufara entra, suivi des prêtres et des chefs.

Hélène trouva à la hauteur de ses yeux

une petite ouverture, d'où elle pouvait voir
tout ce qui se passait dans la salle. Elle comprit que c'était une cachette faite à dessein
pour assister invisiblement au conseil. En
effet, c'était là que le grand prêtre surveil-
lait, à l'insu du roi, toutes les délibérations,
quand il n'était pas invité à y prendre part.

Les insulaires se placèrent autour d'Upufara. Alors seulement Hélène aperçut au
milieu d'eux un homme blanc dont on avait
lié les mains. Elle faillit jeter un cri de joie
à cette vue; ce ne pouvait être que le prêtre.
Elle ne devait pas rester longtemps dans
l'incertitude.

« Mathéo, dit Upufara en s'adressant au
ministre du Christ, pendant longtemps tu as
pu, grâce à la guerre qui nous est faite par
les partisans de Pomaré, propager tes doc-
trines dans notre île; mais aujourd'hui tu es
en mon pouvoir et j'ai résolu qu'il n'y aurait
pas d'autre dieu qu'Oro. Je vais lui immoler
tous ceux qui ne veulent plus le reconnaître.
A cet effet, j'ai besoin qu'ils me soient dési-
gnés. Je suis donc décidé à t'accorder la vie
et à te laisser partir si tu veux me nommer
tous ceux qui ont accepté ta religion. Je
connais déjà bien des chrétiens, ainsi qu'ils

s'appellent à Papéiti; ce sont tous des partisans de l'impie Pomaré.

« A toi de me dire le nom de ceux qui demeurent dans l'intérieur de l'île.

— Et si je t'obéis, que feras-tu d'eux? demanda l'apôtre.

— Par Oro! je tuerai moi-même tous ceux qui ne voudront pas renoncer à ce nouveau dieu, s'écria Upufara.

— En ce cas, je serai aussi leur meurtrier en les nommant. Ils ne t'ont fait aucun mal, et depuis qu'ils sont chrétiens ils ne cessent de prier pour toi.

— Mathéo, reprit Upufara avec colère, tu mourras ici même, dans des tortures atroces, si tu ne veux faire ce que je te dis.

— Je sais que tu peux me tuer, reprit le prêtre avec calme, mais si j'avais mille vies, je les donnerais avec bonheur pour sauver ces chrétiens que tu méconnais. »

Un murmure de colère s'éleva parmi les chefs, et Upufara tira sa hache de la ceinture pour en frapper Mathéo. Mais il se retint et dit :

« Une dette de reconnaissance m'empêche de te tuer. » Ensuite, s'adressant à l'assemblée, il continua :

« Il a sauvé mon premier-né d'un requin affamé, qui était près de le dévorer. Deux fois déjà j'ai empêché sa mort. En souvenir de cette action, je crois avoir assez fait pour lui montrer ma gratitude.

— Si tu me laisses vivre, répliqua Mathéo, le Dieu des chrétiens t'en récompensera, et le jour viendra où tu auras besoin de lui. Sache cependant aussi que je n'emploierai ma vie qu'à faire connaître mon Dieu. »

Upufara se détourna et dit aux prêtres :

« Laissons-le pour aujourd'hui; quand il aura vu le massacre des chrétiens, il comprendra qu'il est la cause de leur malheur. Mais, si cela même ne le fait pas changer de langage, alors je vous le livrerai, et vous pourrez le faire périr dans les tourments les plus affreux.

« Le jour du sacrifice est arrivé.

« Rentrez chez vous pour assembler vos guerriers; demain matin, au lever du soleil, soyez à Papéiti. Je vous indiquerai alors la demeure de tous les chrétiens que je connais.

« Vous mettrez le feu à leurs huttes; vous prendrez ceux qui voudront se sauver, afin que nous sachions s'ils veulent revenir à

Oro. Si le feu en détruit quelques-uns, cet exemple sera salutaire aux autres. »

Mathéo, en entendant ces paroles cruelles, se jeta aux pieds d'Upufara.

« Ne consomme pas un pareil crime, s'écria-t-il. Laisse-les vivre en paix pour l'amour du Christ; je t'en prie par tes enfants. »

Upufara ne l'écouta point et ordonna qu'il fût lié plus fortement, afin qu'il ne pût s'échapper pour prévenir les chrétiens.

Cet ordre fut exécuté. Attaché par terre, les pieds et les mains liés, le P. Mathéo commença à prier à haute voix son Dieu de vouloir sauver ceux qui étaient à lui.

Hélène n'avait pas perdu un mot de cette scène, et priait avec le malheureux pour les chrétiens de Taïti. Déjà elle voyait en esprit leur sang arroser le sol de l'île. Toutefois elle ne pouvait détacher ses yeux du visage du prêtre; sa voix lui semblait connue, elle était certaine d'avoir déjà vu ce combattant du Christ. Cependant, comme le temps pressait, elle fit trêve à ses réflexions; dès que les insulaires eurent quitté la salle, elle sortit de sa cachette et se présenta devant Mathéo étonné.

« Révérend Père, lui dit-elle, j'ai été témoin de tout ce qui s'est passé ici. Dieu me fait la grâce de le servir dans la personne de mes frères. Je suis chrétienne.

« Donnez-moi donc un signe, je le porterai aux chrétiens de Papéiti pour qu'ils croient mes paroles et qu'ils se préservent de la mort.

— Ma fille, qui que tu sois, le ciel lui-même t'a envoyée à cette heure, il bénira ton entreprise. Prends cette croix qui est sur ma poitrine, tous les Papéitiens la connaissent et ils te croiront en la voyant. »

Hélène prit l'objet béni et le cacha dans sa tunique. Elle allait s'éloigner, lorsqu'elle revint vers le prisonnier pour lui dire :

« Je vais détacher vos liens, vous pourrez alors fuir dans la montagne ou avec les chrétiens.

— Non, ma fille, répondit l'apôtre, je ne fuirai pas, même si Upufara me le permettait. Une secrète voix m'ordonne de rester ici pour le salut de mon ennemi ; ah ! si je pouvais gagner cette âme à Dieu, l'île entière se convertirait. »

La jeune fille quitta le palais en hésitant. Elle cherchait intérieurement le moyen de reconnaître les chrétiens et se demandait s'il ne fallait pas se hasarder une seconde fois auprès de Mathéo pour lui demander où elle pourrait les découvrir. Cela était dangereux, mais Dieu, qui l'avait aidée jusque-là, ne la délaisserait pas. Sa confiance fut récompensée. A peine avait-elle pris cette résolution, qu'elle rencontra une jeune Papéitienne de sa connaissance, qui modulait un cantique des chrétiens.

Hélène s'avança vers elle.

«Tu es chrétienne, Daca? » lui dit-elle à voix basse.

La jeune fille regarda craintivement cette étrangère, qui savait son nom et sa religion. Soupçonnant un piège, elle allait s'éloigner sans répondre.

« Ne crains rien, continua Hélène, conduis-moi dans la maison de ton père, s'il est également chrétien; j'ai une grave communication à lui faire de la part du P. Mathéo. Voici le signe qui vous fera ajouter foi à mes paroles. »

A la vue du crucifix, la jeune fille prit en souriant la main d'Hélène et l'emmena dans sa hutte. Arrivée là, Hélène demanda de l'eau et se lava la figure et les mains. Tous la reconnurent et furent contents de revoir leur favorite.

« Ne demandez point pourquoi je suis revenue, dit-elle. Dieu me l'a inspiré; je n'en savais pas alors la cause, maintenant elle m'est révélée : c'est pour votre salut. Fuyez cette nuit même, car demain matin Upufara et ses chefs veulent saisir tous les chrétiens de Papéiti, leur faire abjurer la vraie foi ou les livrer à la mort. Il n'aura pas même pitié des vieillards et des enfants. »

Les Papéitiens furent effrayés de cette annonce, qui leur paraissait cependant impossible. Hélène leur montra la croix du P. Mathéo, dont ils connaissaient l'arrestation; elle leur raconta la scène qui s'était passée chez Upufara, et ils comprirent quel danger les menaçait.

Le fils de la maison, la mère et la fille partirent immédiatement pour avertir les autres chrétiens et les rassembler sans délai dans la petite baie où le canot d'Hélène était caché. Celle-ci partit avec le père de Daca pour y réunir le plus de pirogues possible, afin d'emmener leurs frères menacés de mort.

Tandis que les habitants idolâtres de Papéiti dormaient profondément, les chrétiens sortaient sans bruit de leurs huttes, portant leurs enfants, leurs trésors et leurs vivres. A minuit, plus de cent pirogues quittaient la terre, se dirigeant vers Éiméo.

Ils voguèrent toute la nuit en silence dans la crainte d'être poursuivis, et, au matin, se voyant seuls sur la mer, dans leur joie et leur reconnaissance, ils entonnèrent un cantique d'action de grâces au Seigneur.

Hélène était assise dans la dernière embarcation, la tête dans ses mains, perdue dans ses pensées. Le souvenir du P. Mathéo ne la quittait point; elle cherchait à se remémorer où et dans quelles circonstances elle avait vu sa tête vénérable, entendu cette voix qui lui était si irrésistiblement sympathique.

Elle ne put toutefois s'en souvenir et tâcha d'éloigner cette pensée.

Levant la tête au moment de la joie générale, son regard tomba sur la croix que le P. Mathéo lui avait remise. Elle poussa un cri de bonheur; le voile était tombé de ses yeux.

Nul doute que cette croix ne fût la même que celle devant laquelle elle avait maintes fois prié au Mexique.

Elle revit la chambre, la place même où
était suspendu ce signe de notre foi, et, à
côté, elle vit un homme à la figure noble et
sereine, qu'elle appelait son père et qui n'é-
tait autre que le prêtre Mathéo.

« Oui, s'écria-t-elle avec un élan inexpri-
mable de gratitude, la main de Dieu l'a
sauvé du naufrage! Je le retrouverai. » Et
elle tomba à genoux pour remercier la divine
Providence de cette faveur inespérée.

X

Le soleil était à son zénith lorsque les pirogues arrivèrent près d'Eiméo. Le roi Pomaré, les chefs et une foule de peuple armé les attendaient. On avait cru reconnaître des rebelles arrivant pour continuer la guerre. Mais, à la vue des femmes et des enfants, ce soupçon se dissipa.

Hélène s'élança de pirogue en pirogue, et, se jetant ensuite à la nage, atteignit la terre pour prévenir une attaque contre les chrétiens de Taïti. A sa vue on comprit que c'étaient des amis et non des ennemis qui allaient aborder. Hélène se prosterna devant le roi en lui disant :

« Vois, ô roi, tous ces chrétiens que j'ai sauvés de la mort. Donne-leur des armes et reviens avec eux à Taïti sauver les autres, car Upufara se propose de tuer tous ceux qui adorent le Dieu tout-puissant. Voici le temps venu où tu dois vaincre et établir dans l'île la foi du Christ. » Le roi se fit donner des détails précis sur toutes les affaires de Taïti, et Hélène reprit :

« O roi ! le danger est pressant, tu dois agir. Tous les chrétiens de Taïti et d'Éiméo te sont fidèles ; beaucoup d'autres Taïtiens se rangeront autour de toi dès que ton pied aura touché leur île. Tu surprendras Upufara et ses partisans, tu les battras et reprendras ton empire. Mais agis promptement et ne laisse pas passer l'heure favorable. »

Pomaré l'écoutait pensivement, ne sachant prendre une décision.

« N'as-tu pas entendu, Pomaré, reprit Hélène, qu'Upufara veut tuer tous les chrétiens de Taïti? Et toi, leur roi et leur frère, tu ne volerais pas à leur secours! Montre ton pouvoir et va les délivrer. »

Le P. Eustache, les chefs Tane et Bexore unirent alors leurs prières à celles d'Hélène.

« Que tous les chefs s'assemblent, » dit enfin Pomaré. Puis, se tournant vers les chrétiens de Papéiti :

« Allez, mes enfants, prenez des forces,

mais que les hommes se tiennent prêts pour le départ. »

Il se dirigea ensuite vers le lieu où les chefs l'attendaient.

Une heure après, ils poussaient le cri de guerre. Pomaré dit à Hélène, qui attendait la décision avec impatience :

« Ta confiance, blanche héroïne, nous a donné le courage, la guerre est décidée; que Dieu nous donne la victoire! »

Tous applaudirent leur roi d'aller à la défense de leurs frères menacés.

« Quand le soleil enverra ses rayons obliquement, reprit le roi, nos guerriers dirigeront leurs canots vers Taïti pour surprendre l'ennemi pendant l'obscurité. Préparez donc vos armes. Les femmes et les enfants resteront à Éiméo pour ne pas entraver la marche des guerriers. Je les laisse avec le P. Eustache, qui les consolera et qui implorera pour nous l'aide du Tout-Puissant. Il allait s'éloigner après ces paroles; mais Hélène, s'avançant, prit le bord de son habit et lui dit :

« Laissez-moi aller avec vous, ô roi; ma main est faible et elle ne pourra jeter la massue, mais il y a, parmi les prisonniers d'Upufara, un homme qui est cher à mon

6

cœur, et que je dois protéger de mon corps quand l'ennemi brandira la hache sur sa tête.

— Mon enfant, lui répondit Pomaré, personne ne pourra mieux le protéger que moi; aie donc confiance, je prendrai soin de ton ami.

— Non, non, nul ne peut lui être aussi utile que moi; moi seule je l'aime assez pour le retrouver, si l'ennemi le cache dans les profondes grottes de la forêt. »

Tout le monde insista pour qu'Hélène, exténuée de fatigue, restât à Éiméo. Mais plus on voulait l'en dissuader, plus elle se montrait décidée.

« Vous voulez mon bien, dit-elle en sanglotant, et vous demandez peut-être ma mort. J'irai à Taïti, devrais-je suivre à la nage les pirogues de nos guerriers. »

En entendant ces paroles, le roi prit sa main et dit :

« Ta volonté sera faite. »

Hélène le remercia et s'agenouilla devant le P. Eustache pour qu'il lui donnât sa bénédiction protectrice. Le soir même, avant l'heure convenue, tous les hommes d'Éiméo se trouvaient réunis sur la plage, attendant le moment du départ. Le roi parut enfin, entouré de tous ses chefs. A sa vue, les guerriers levèrent leurs armes et entonnèrent leur chant de victoire.

Lorsqu'ils furent tous embarqués, ils tournèrent le promontoire et allèrent à la place d'où ils avaient assisté au martyre du P. Eustache, et à sa délivrance par la jeune fille héroïque qui se trouvait maintenant au milieu d'eux. Sur le rocher, ils virent le P. Eustache, non cette fois les mains liées, mais étendues sur leurs têtes pour y attirer les bénédictions du ciel.

Il leur dit quelques paroles pour les encourager au combat et leur rappeler que le chrétien doit épargner l'ennemi vaincu.

Hélène s'était mise dans la première pirogue et restait les yeux fixés sur la croix de Mathéo.

« O mon Dieu, soupirait-elle, si seulement le secours n'arrive pas trop tard ! »

Son impatience grandissait de minute en minute, il lui semblait que la barque n'avançait pas ; elle prit des rames et se mit à aider les guerriers. Ceux-ci voulurent réprimer sa hâte en lui disant qu'il ne fallait point devancer les autres, de crainte de s'égarer. Mais Hélène, étendant sa main :

« Ne voyez-vous pas ce point lumineux? dit-elle; c'est Papéiti, où les païens massacrent peut-être en ce moment nos frères. Notre prompt secours peut seul les sauver. »

Elle aborda une demi-heure avant les autres, et s'approcha avec précaution de Papéiti. Tout y était tranquille; dans le palais seul on apercevait des lumières. Elle revint dire aux guerriers qui étaient dans sa pirogue d'attendre là son retour.

Elle-même alla aux informations et se glissa sans bruit auprès de la première hutte, pour écouter ce qui s'y disait. N'entendant rien, elle se hasarda à y entrer. La hutte était vide; ainsi de la seconde, ainsi de la troisième. Alors elle avança vers la place du palais. Là était réunie une grande partie des habitants; elle ne put approcher. La couleur de sa peau, qu'elle n'avait pas teinte comme la veille, l'aurait trahie. Elle s'approcha donc sans bruit, se tenant toujours dans l'obscurité et tâchant de saisir quelques phrases; mais elle n'entendit qu'un murmure indistinct.

Tout à coup il se fit un silence. Upufara,

entouré de porteurs de torches, monta sur une estrade devant le palais.

« Papéitiens, dit-il d'une voix éclatante, j'avais ordonné le massacre des chrétiens de Papéiti, mais ils ont disparu d'une façon incompréhensible, emmenant avec eux leurs pirogues. Je pense qu'ils sont allés chercher du secours auprès de l'impie Pomaré, qui a renié Oro. Il faut donc nous attendre à le voir arriver pour nous combattre. Mais Oro nous donnera la victoire, car, pour nous le rendre favorable, j'ai décidé de tuer tous ceux de Taïti qui ont abandonné son culte.

« Nous verrons ainsi qui, du Dieu des chrétiens ou d'Oro, sera le plus puissant. Rendez-vous à la vallée des grands sacrifices, c'est là que leur sang coulera dans le fleuve sacré pour se perdre dans la mer. Que chacun prenne ses armes pour frapper. Dans une heure, les prisonniers y seront. »

Des applaudissements frénétiques sui-virent ces paroles; les prisonniers furent amenés pour rester exposés aux insultes de la foule, avant d'être conduits au lieu du supplice. Ils avançaient lentement, liés deux à deux. Au milieu se trouvait le P. Mathéo. Son doux regard calme, errant sur la foule,

s'arrêta un instant à la place où se tenait
Hélène. Celle-ci, oubliant toute précaution,
voulut se jeter au cou de son père; mais elle
se heurta contre une pierre, et, la réflexion
lui revenant, elle partit en toute hâte vers la
mer.

Pomaré et ses soldats arrivaient en ce
moment. Hélène alla immédiatement trouver
le roi pour lui communiquer ce qu'elle venait d'apprendre.

« En vérité, fille blanche, exclama-t-il, tu
vaux mon meilleur chef. »

Il ordonna qu'on se rendît en toute hâte
vers l'endroit du sacrifice. L'étroite vallée
était entourée de hauts buissons de guaves.
Les guerriers s'y cachèrent en attendant
l'ennemi. A peine y étaient-ils installés,
qu'Upufara et ses partisans s'annonçaient
par des chants; des milliers de torches éclai-
raient la vallée.

Le grand prêtre d'Oro marchait à la tête
des chrétiens; arrivé au lieu du supplice, il
se retourna en s'écriant :

« Renégats, voici la place où votre sang
rougira la terre, et où vos ossements séche-
ront au soleil. »

Mais les prisonniers restaient immobiles.

Nulle crainte ne se lisait sur leurs visages. Tous marchaient avec calme, et joie à la mort. Mathéo n'avait cessé de leur parler des célestes joies qui les attendaient, et tous donnaient avec bonheur leur vie pour le Christ.

« La mort est-elle donc si pénible ! s'était écriée une jeune mère dont l'enfant venait d'être tué par un coup de poing. C'est une douleur d'un instant qui nous délivre de tous les maux de cette vie, pour nous introduire dans la joie éternelle. »

Ensuite, se tournant vers ceux qui insultaient aux chrétiens :

« Vos paroles moqueuses ne sont point entendues de l'âme chrétienne qui écoute déjà le chant des anges venant à sa rencontre. »

Parvenus au lieu de leur supplice, ils tombèrent tous à genoux autour du père, implorant une dernière bénédiction.

C'était une scène grandiose et émouvante que de voir, à la lueur rougeâtre des torches, cette foule inclinée devant le prêtre blanc, levant sur eux ses deux mains liées, les exhortant au courage dans le martyre. Plus d'un sanglot fut entendu même dans les rangs des idolâtres. Tout à coup un cri d'angoisse retentit. Hélène, devançant le signe de Pomaré, s'élance, fend la foule, et se jette au cou du P. Mathéo.

Avant qu'Upufara eût pu comprendre cette scène, les buissons de guaves devenaient vivants.

Pomaré s'écria :

« En avant, chrétiens! » En même temps les Papéitiens se virent entourés de tous côtés par les guerriers du roi.

Le bruit des armes et les cris de guerre remplirent la nuit. La voix retentissante d'Upufara ordonnait de tuer tous ceux qu'on rencontrerait.

Le combat fut terrible.

Les rebelles, se voyant perdus, voulaient du moins vendre chèrement leur vie.

Hélène était toujours au cou du P. Mathéo, balbutiant dans son bonheur des paroles incohérentes, lorsqu'un coup imprévu la frappa.

Elle tomba évanouie.

XI

Le soleil éclairait déjà la vallée lorsque Hélène reprit ses sens. Une des femmes chrétiennes que l'arrivée inopinée de Pomaré avait sauvée tenait sa tête sur ses genoux, et mouillait ses tempes avec le suc d'une herbe médicinale.

Hélène regardait autour d'elle.

La terre était rougie de sang, des blessés et des morts jonchaient le sol. Sa première pensée fut pour son père.

« Où est le P. Mathéo? s'écria-t-elle.

— En voyant la bataille perdue, Upufara a pu se sauver en jetant son manteau de chef; il a entraîné avec lui notre père! » répondit la femme en pleurant.

A ces mots, Hélène se trouva debout.

« De quel côté ont-ils disparu? demanda-t-elle.

« Du côté de la montagne, » fut-il ré-
pondu.

Et, avant que la femme eût deviné sa
pensée, Hélène s'élançait dans cette direction
sans écouter les appels de l'insulaire. Elle
trouva une hache sur son chemin et la ra-
massa, pensant qu'elle pourrait lui servir.
Elle avança ainsi sans sentir ni blessure ni
lassitude. Le combat continuait au pied de
la montagne; mais ce fut en vain qu'elle
chercha Upufara ou le P. Mathéo, ils n'y
étaient pas. Sans se préoccuper de la bataille,
elle poursuivit son chemin en montant le
sentier tortueux qui devait la mener sur la
hauteur.

Après quelques minutes de course folle,
elle aperçut la taille gigantesque d'Upufara,
emmenant après lui le P. Mathéo. Elle s'attacha à sa poursuite, ignorant comment elle
pourrait sauver son père. Upufara ne la savait pas derrière lui. Il traînait avec peine
sa victime, car son bras droit avait reçu une
profonde blessure. Arrivé sur le sommet, il
s'arrêta un instant.

« Tu y descendras au moins avant moi,
puisque tu es la cause de ma perte, » dit-il
au missionnaire en lui montrant l'abîme.

Le père ne put répondre, car, au même instant, Hélène arrivait sur la plate-forme.

« Arrête, Upufara, tu n'es pas un guerrier, mais un lâche assassin ! » s'écria-t-elle en brandissant sa hache.

Upufara se tourna, effrayé; mais, voyant qu'il n'avait affaire qu'à une fille :

« Oro, dit-il, ne permets pas que je meure de la main d'une femme, » et il levait sa massue du bras gauche, lorsque Hélène, éperdue, jeta sa hache contre la massue, la fit tomber des mains du chef, qui, perdant l'équilibre, alla rouler dans les profondeurs de l'abîme.

Hélène ne vit pas ce spectacle affreux, elle glissait à côté de celui qu'elle venait de sauver, en s'écriant :

« Mon père, mon père, je suis ton enfant, je suis ton Hélène. »

Il est impossible de décrire la surprise, la joie du missionnaire; il tenait sa fille dans ses bras, s'efforçant de la faire revenir à elle. Celle-ci ouvrit bientôt les yeux, et une heure se passa dans le bonheur le plus complet.

Ils descendirent enfin et trouvèrent les chrétiens vainqueurs. Le reste des idolâtres que la mort avait épargnés s'étaient refugiés dans l'intérieur de l'île.

« Laissez-les aller, dit le roi, ils ne peuvent nous échapper, car une troupe de guerriers les attend dans la forêt. »

En voyant Hélène, il lui fit signe d'avancer. Elle arrivait tenant son père par la main.

« Roi de Taïti, dit-elle, tu as regagné aujourd'hui ton royaume; mais je suis encore plus heureuse, car j'ai retrouvé mon père.

— Oui, les sentiers du Seigneur sont admirables, dit le prêtre.

« Il y a quelques années que, sur ces rives, le vaisseau qui portait ma fille et tous mes biens fit naufrage. Je me crus perdu et saisis instinctivement une planche; ce ne fut que deux jours après qu'un navire étranger me recueillit. J'étais sauvé, mais tout ce que j'aimais avait été englouti. Ma vie devint un fardeau, mes jours furent pénibles et sombres.

« Je maudissais la planche qui m'avait arraché à la mort. Ce ne fut que longtemps après que je me tournai vers Dieu, qui après m'avoir favorisé de ses dons me les avait retirés. Je reconnus que dans la prospérité je l'avais oublié, et, aidé de sa grâce, j'en vins à l'aimer par-dessus toutes choses.

« Rentré dans mon pays, je pris la résolution de me consacrer à son service : je devins prêtre. Le désir de dissiper les ténèbres dans les âmes des habitants de ces contrées, où ma fille avait péri, ne me laissait pas de repos.

« C'est ainsi que je vins dans l'île. Mais à peine y étais-je débarqué, que je tombai malade et ne dus la vie qu'aux soins bienveillants d'un indigène. Pendant ce temps, le P. Eustache avait le bonheur d'évangéliser Éiméo, et mon existence restait inconnue. Toutefois, dans ma maladie, une espérance radieuse me fut donnée. Le naturel qui m'avait recueilli m'apprit l'histoire d'une jeune fille blanche, sauvée d'un naufrage et élevée avec amour par deux insulaires. Ce pouvait être mon enfant.

« Hélas! j'eus beau prendre des informations pour la retrouver, ce fut en vain. Dès le jour de mon arrivée, par suite de la défense qu'elle avait prise du P. Eustache, elle avait dû s'éloigner et s'établir avec ses amis dans un asile protecteur, à l'abri des poursuites des Taïtiens.

« Maintenant, Dieu, dans sa bonté ineffable, m'a fait retrouver sur cette terre ce que j'y avais perdu : ma fille ! Non seulement elle devait être l'instrument de mon salut, mais encore de celui de tout ce peuple.

« Que le Tout-Puissant soit béni, lui qui nous afflige pour nous récompenser au delà de nos mérites ! »

Le roi et tous les assistants avaient écouté avec étonnement et joie les paroles du P. Mathéo.

Hélène ne pouvait se détacher des bras de son père ; elle lui raconta comment Tupia l'avait sauvée, et toutes les marques d'affection qu'elle avait reçues de lui et de sa femme.

« Cela ne sera pas oublié, dit le roi, ils ont agi comme des chrétiens alors qu'ils étaient encore idolâtres. »

Pendant ce temps, des insulaires avaient été chercher le corps en lambeaux d'Upufara. Ils le déposèrent devant le roi, qui regarda avec tristesse et orgueil à la fois les restes mutilés de son ennemi.

« Tu es encore heureux, dit-il, d'avoir eu la mort d'un guerrier, car tu aurais expié ta faute ce soir même sur un bûcher. »

Et s'adressant aux assistants :

« Retournons à Papéiti et commençons les préparatifs des fêtes pour la victoire. Les guerriers que j'ai envoyés à la poursuite des révoltés ne peuvent tarder à revenir. »

Tous retournèrent donc à Papéiti. Hélène et son père ne cessaient de se questionner. Tupia marchait à côté d'eux; il était fier que son enfant eût joué un si grand rôle dans la guerre, et il levait la tête quand il entendait répéter :

« Voilà Tupia, celui qui a sauvé notre héroïne! »

Avant même que le roi fût rentré dans son palais, des envoyés arrivèrent lui annoncer que les rebelles étaient entourés de tous côtés et avaient mis bas les armes. Les chefs demandaient les ordres du roi.

« Que tous les vaincus me soient amenés, répondit-il; avant que la nuit soit descendue sur nos huttes, Pomaré n'aura plus d'ennemis. Le couteau est retourné, c'est nous qui tenons le manche. »

Tous les insulaires, quoique chrétiens pour la plupart, trouvèrent ce jugement juste. Ne s'agissait-il pas de punir des insurgés? Mais Hélène n'eut pas plus tôt appris le sort qui attendait ces malheureux, qu'elle courut vers le roi en lui disant :

« O roi! ce n'est pas le jugement d'un chrétien.

— Que veux-tu dire?

— Qu'il ne faut point tuer les prisonniers.

— Qu'en faire alors? J'ai écouté plusieurs fois tes conseils, ils m'ont porté bonheur. Parle.

— Eh bien! gagne de nouveaux croyants à notre saint Évangile en t'écartant des mœurs barbares de l'île et en pardonnant. C'est d'un homme fort et d'un héros chrétien de pardonner lorsqu'on pourrait punir.

« Laisse-les librement retourner vers leurs femmes et leurs enfants, tu gagneras ainsi leur cœur, et tu leur montreras que le Dieu des chrétiens est plus magnanime que le cruel Oro. »

Le front du roi s'était assombri lorsque Hélène demandait la grâce entière des prisonniers; à mesure qu'elle parlait, la sérénité cependant reparaissait sur son visage. Lorsqu'elle eut fini :

« En vérité, ma fille, lui répondit-il, tu parles aussi bien que les pères, je puis retirer de bons fruits de tes paroles. »

Lorsque les rebelles furent amenés, il ordonna qu'on les laissât liés et sous menace de mort; aussitôt il fit appeler Hélène.

« Va toi-même leur apporter cette grâce que tu as gagnée pour eux. »

Hélène s'éloigna pleine de joie. Les malheureux attendaient, tristes et sombres, les apprêts de la fête des morts.

« Le généreux Pomaré vous envoie grâce et pardon, s'écria-t-elle. Au nom du Dieu clément des chrétiens et en son honneur, il vous conservera la vie. Déliez-les, ils sont libres de retourner dans leurs huttes. »

D'immenses acclamations éclatèrent de toutes parts. Toutefois, les révoltés ne retournèrent point chez eux, mais ils s'élancèrent vers le palais du roi pour le remercier, à genoux, d'une clémence qui était inconnue sous le règne d'Oro.

Ce ne fut qu'après qu'ils se dispersèrent dans l'île pour revenir le lendemain, avec leurs femmes et leurs enfants, prier le P. Mathéo de leur enseigner cette religion divine, au nom de laquelle le roi leur avait accordé la vie.

Pomaré, heureux d'une telle détermination, fit assembler tous ses sujets sur la place où, un an auparavant, Hélène avait empêché d'immoler le P. Eustache. Là le P. Mathéo parla à la foule.

« Taïtiens, leur dit-il, depuis le jour de mon arrivée, j'ai vu plus d'une fois la mort en face, pourtant je n'ai jamais désespéré. Une voix intérieure me disait : « Le jour « viendra où ces brebis voudront entrer « dans le bercail du Seigneur. » Et ce jour est arrivé.

« Tandis que le sang de vos frères rougit encore vos mains, vos âmes se sont ouvertes à la vérité et ont désiré connaître le seul Dieu vivant. Vous allez juger vous-mêmes de sa bonté et de sa force. »

Et il leur prêcha la vie et la mort du Christ, sa passion douloureuse, son amour pour les hommes.

Ses paroles éloquentes émurent le cœur de ses auditeurs. Avant la fin du sermon, tous les idolâtres étaient à genoux, implorant la grâce de pouvoir servir le Dieu fort et doux des chrétiens.

XII

Le soir du même jour, Pomaré se promenait au bord de la mer, entouré d'une foule de sujets. Seul, au milieu de tous, il paraissait soucieux.

Il regarda longtemps dans la direction d'Éiméo et appela bientôt les chefs Tane et Bexore.

« Ne voyez-vous rien du côté d'Éiméo? » leur demanda-t-il.

Tane, montrant du doigt l'Océan, répondit :

« Je vois là-bas des points innombrables, ce sont des pirogues qui avancent. »

Après qu'Upufara fut mort, que les siens furent refoulés dans la montagne et poursuivis par les guerriers de Pomaré, celui-ci envoya un message à Éiméo, apportant au P. Eustache et aux femmes l'annonce de la victoire, ainsi que l'ordre de venir à Taïti pour la fête.

La nouvelle de l'arrivée des Éiméiens se répandit vite à Papéiti, et chacun s'empressa de se rendre sur la rade. Peu de temps après, les pirogues étaient en vue et retentissaient de cris de joie. Le roi lui-même raconta au P. Eustache les événements des deux journées précédentes, et n'oublia pas de faire l'éloge d'Hélène.

La foule applaudit avec enthousiasme, et tous louèrent la vertu, l'héroïsme de la vierge blanche.

Omana et Jana se firent jour à travers la multitude pour féliciter leur amie et la serrer dans leurs bras.

Mais Poma se tenait éloignée; elle venait d'apprendre par Tupia que leur fille avait retrouvé son père. Elle sanglotait et désirait être encore au temps où elle tenait Hélène sur ses genoux, lorsque celle-ci n'avait pas d'autres protecteurs que son mari et elle.

Hélène, n'apercevant point près d'elle sa mère adoptive, accourut à sa rencontre et se jeta à son cou.

Poma, souriant à travers ses larmes, lui disait :

« Tu as retrouvé ton père, tu vas nous quitter, mais tu permettras que j'aille te voir dans ta nouvelle hutte, car l'amour maternel que j'ai pour toi ne me laisserait pas en repos. »

Le P. Mathéo arrivait en ce moment; il prit la main de Poma et répondit :

« Elle ne te quittera pas. Nous allons bâtir une hutte assez grande pour quatre personnes, et je resterai au milieu de vous. »

FIN

11891. — Tours, impr. Mame.

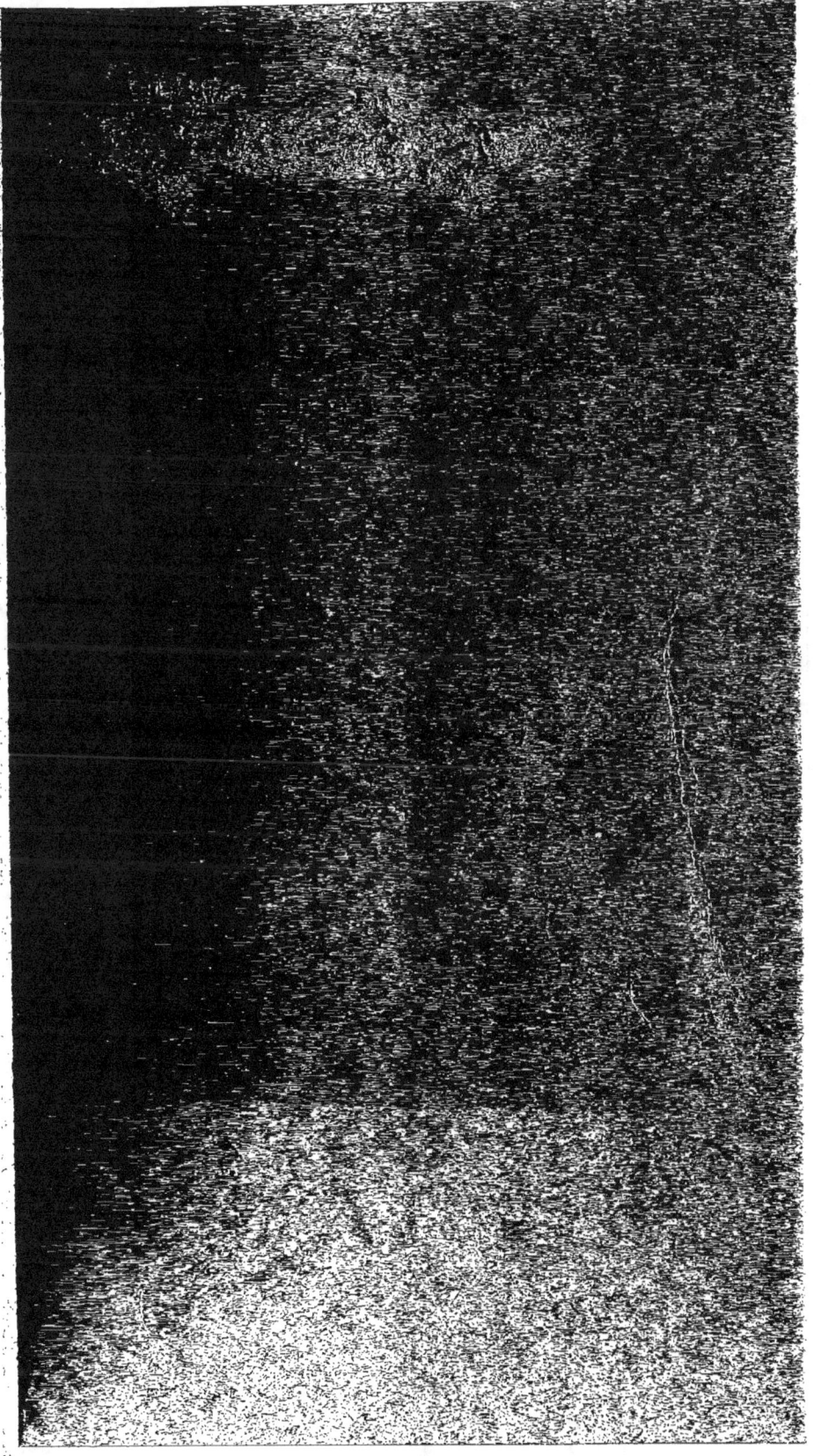

BIBLIOTHÈQUE
DE LA JEUNESSE CHRÉTIENNE

FORMAT PETIT IN-8°

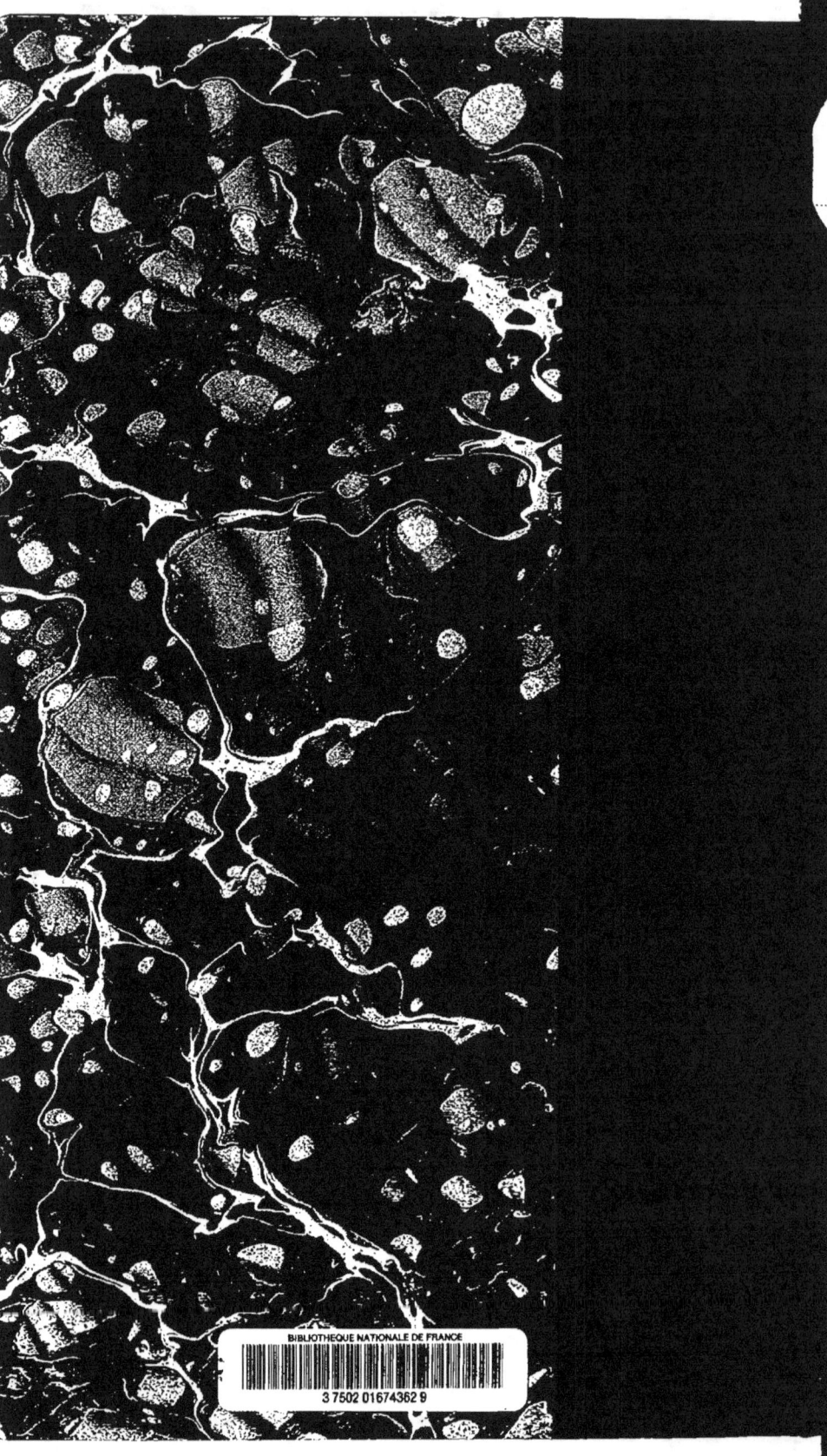